音乐

迷醉指南

Swooning

〔澳〕克里斯托弗·劳伦斯 著
符夏怡 译

南海出版公司

新经典文化股份有限公司
www.readinglife.com
出　品

迷醉

动词

1.（书面用语）指晕眩或失去意识

2. 达到狂喜的状态

名词

1. 晕眩发作

2. 能够引起强烈感情反应的古典乐作品

（来源：某档澳大利亚电台节目，约 1994 年）

热场鼓点

你应该看过小说改编的电影，戏剧改编的音乐剧，但这本书有些不太一样：这本书说的是古典音乐——基于它们所唤起的情感。大部分人都认为本书主题是无法以言语描述的，如果你严格遵照前一页的单词解释，真的一晕了之的话，就没法领会古典乐所蕴含的美感与享受了——毕竟昏迷时无法欣赏音乐。

“迷醉”这个词里蕴藏着一个品牌所有的矛盾。这个名字一开始只是上世纪末的一个小小的电台节目，现在却已成为了一个品牌。这节目多妙啊！在这个时代，人们自我表达甚至自我思考的方式，都被压缩成了社交媒体页面上平庸的陈词滥调。这个节目却提供了人类历史上最精彩的一些想法，它让听众们能够乘着一段歌声、一段乐曲，飞翔到意识中从未探索过的远方。这是你一天中所能做的最美好的事，有可能还是充满最纯粹创造力的事。

多年来，人们一直在问我，给一段音乐起这样一个绰号，为何竟能如此强烈地拨动许多人的心弦？而我能给出的最好的答案就是，在内心深处，我们都是诗人。没错，正在阅读的你也是。

此次平装版的重印，实在让我受宠若惊，也有些出乎意料。无疑，任何一本带“自助”性质的书，如果真有效果的话，是绝不会再次出现在人们面前的：毕竟任务已经完成了。可是换个角度想，在这本书的字里行间静静回旋的音乐早已存在多年，其保质期以现代零售业标准来看，实在长得令人惊叹。莫扎特的音乐不会在月底过期。柴可夫斯基 1.0 不需要软件升级。古典乐与其他事物不同，对它们而言，我们才是过眼云烟。自从本书首次发行以来，有更多的人在生活中偶然碰见了一小段他们颇为喜爱的古典乐。他们不介意听点建议，好到古典乐的宝藏中找到更多宝贵的金币。

于此，我得做些解释。这本小书并不想教你古典乐的条条框框——那是大部头专业书的任务。何况，即使是专业著作，也不一定能把古典乐的门道说清楚。就连伊戈尔·菲德洛维奇·斯特拉文斯基[①]这样曾写出芭蕾舞曲《春之祭》这

① 伊戈尔·菲德洛维奇·斯特拉文斯基（Igor Fedorovitch Stravinsky，1882–1971），美籍俄国作曲家、指挥家和钢琴家，西方现代派音乐的重要人物。（本书注释若无特别说明均为编者注。）

样的巨作，令现场观众们激动得挥舞椅子的大师，也曾有一句名言：“我这辈子从没弄懂过哪怕是一行乐句，但我感受到了它。”

真谢谢了，伊戈尔。如果连史上最聪明的作曲家之一也弄不懂音乐，那我们这些凡人还有什么希望呢？即使对于伊戈尔而言，音乐也关乎情感而非思考——这也是本书将为你呈现的。我们将涉及的内容如此不可捉摸，为它列出目录真有些困难。但既然你受邀出席生命的音乐会，我们至少能给你献上一张节目单。

创作序曲

在其发明之初，音乐是用来哄骗和误导人类的。

——埃福罗斯[①]，公元前四世纪

①埃福罗斯（Ephoros，约前 400 – 前 330 年），古希腊历史学家。

无法否认，音乐能深入我们的头颅，搅乱思绪与情感。几千年间，它魅惑的力量曾令许多人惊叹不已或嗤之以鼻。自人类首次有节奏地敲打石块、吹抚竹管、拨弄卡在木框上的羊毛线以来，聆听音乐就不仅仅意味着对理性的挑战。

相反，音乐统御大众感情的能力从未受到质疑——只要问问任何一群球赛观众，就能得到例证。如果宗教真的是人民的鸦片，那么音乐就是鸦片枪上的烟嘴。即使对个人而言，音乐的催眠能力也丝毫没有减弱。在心灵脆弱的孤独时刻，只需听到一段令人难忘的副歌的开头，人们便会满眶热泪。音乐能使遥远的记忆重回脑海，久已遗忘的往事浮现眼前。能使我们回到当初，能使我们未曾亲身体验过的情绪——纯粹的惊叹，无所不包的快乐，或足以令人沉沦的存在主义式忧郁突然涌起，几乎席卷全身。

还有些时候，我们会听从一段肃穆乐章的指引，将情感抛在一边，转而沉思并不那么接地气的事物；至少，我们会将手头俗事暂时搁置。我可以作证，这样的事每天都在发生：当时我在主持一档澳大利亚的全国性电台节目，每天早上播放一段古典音乐。我邀请听众们“迷醉”在音乐之中，而不久后，这也成了节目的名字。

对成千上万的人来说，每日清晨这暂停劳作的片刻很快成了一个仪式。音乐沉郁时，敬之以酒；古老悠长的亚美尼亚歌谣响起时，伴之以维吉麦酱[①]；列车乘客们在聆听女高音深情的咏叹调时，从耳机中泄露的乐声为整个车厢都带来了平和与共鸣。在水泄不通的马路上，司机们神情恍惚地打量着身边的汽车，在车程结束时还在停车场流连不已，将车窗关牢，沉浸在威尼斯风情的巴洛克音乐中。我们还听说有些人在每日清晨的古典乐中离世，还有些人在这段令人向往的时光中怀上身孕。

我们曾开玩笑说自己就像是定期提供派送“狂喜包裹”服务的，但玩笑成真了。看来，我们确实造福了大众，或至少是满足了许多人内心深处的向往。这向往之情如此深刻，以至于很多人不再满足于每个工作日的浅酌。发行《迷醉》系列录音的时机到了，“最热门的古典音乐选集”发行了第

①澳洲特色食品，蔬菜和谷物的发酵酱。

一辑 CD。

我们对《迷醉》系列的第一辑 CD 的销量盲目乐观，初次发行便制作了五千份，在全澳大利亚销售。即使是现在，古典音乐光碟的销量也都比不上这数字的一个零头。然而我们寄希望于每日的电台曝光能为 CD 销量添一些额外的动力。显然，电台曝光有很大好处：四年内，初版售完后又重新发行了两版，系列 CD 的销量飙升到了五十万份，分别被授予金奖与白金奖，还成了澳大利亚与新西兰地区古典乐选集历史上的销量冠军。除去电台的宣传作用，系列 CD 能如此大卖必定还有其他原因。

毫无疑问，《迷醉》系列成功的原因之一是它的名字——暗示了人们要以怎样的态度来对待它。按娱乐业的行话来说，这就是它的“噱头”。但光有噱头是不够的。我们中的大多数在内心深处都藏有未曾被触动过的情感，因此，古典音乐能像奏响小提琴一样弹奏我们的心曲，自然也毫不令人称奇。但这究竟是怎么做到的呢?

我相信伟大的音乐能让我们对人类的普遍经验感同身受，它提醒我们，当作曲家们带着含有千言万语的音乐驰骋之时，他们所谈论的毕竟是“我们”：我们的欲求、我们对浪漫的渴望、我们追求极致的能力，以及我们对永恒之物的向往。那么，为什么那么多人在面对这些由贝多芬、巴赫、莫扎特与一众头顶假发的音乐家们所写就的音乐时，却觉得它们深奥难懂呢——作曲家们的生平故事明明如此广为人知，如此令人熟悉呀！诚然，音乐创作这门技艺本身需要极强的控制力，但一旦把作曲家们从沾满墨水的纸张前拉开，他们那些让人耳熟能详的笨拙行为就显现出来了。创作伟大音乐的能力似乎与生活的能力并不相称。古典音乐都是美好的吗？少有这样的情况。它最为直接地表达了极端的精神与情感，（就像埃福罗斯说的那样）半带哄骗，有时颇为危险，还总是太过坦白，令人坐立不安。

就像轻率的听众将古典音乐与特定精神状态联系在一起一样，本书也将事实、沉思与鸡毛蒜皮的小事分成几块，粗略地按照爱情的几个情感阶段分类排布。我们对爱情的不同阶段都很熟悉——它们能让我们展露出自己最好和最糟的一面。古典音乐也从这些情感中汲取灵感，将我们带回它们的掌控之下。

就如在花丛中漫步时，今日所见之花与明日所见之花并非同一朵，本书所描述之物也并非永恒不变。我在广袤的音乐史大陆上、堆积成山的信息中漫游（真的，有些传记长得简直一辈子也读不完），所选择的道路无可避免地受到了自身特质的影响，不同章节所用的材料也是东拼西凑、四处摘抄而来。每个章节还包括一位代表性的作曲家，其生平故事是对本章节的绝好体现。书中的一切内容，尤其作曲家的生平，都不是所谓的权威版本，最多也就是将真相所衍生出的道听途说的轶事重述一回。本书也无意于选出十位“最好”的作曲家。本书中入选的作曲家都不过展现了我个人的任性偏好，其中每一位于我而言都有重要意义，其作品也无一不对我有难以抗拒的吸引力。通过解释他们对我的吸引力，我希望能激起读者们对其他作曲家的兴趣，去聆听他们的音乐，了解他们的生平，或是重听那些曾经听过却并不在意的乐曲。下一次，你会遇见许许多多的人，碰见许许多多的故事。请将这本书看作一个系列中的第一本。

本书所提到的这些与我们一样在尘世沉浮中受苦的人，主要生活在“浪漫主义”时期，也就是十九世纪的欧洲。他们希望把音乐中的情感升华为艺术。其中只有一位作曲家仍在世，之所以将他囊括在内，也只是因为我与他十分相熟，因此自觉能够对他进行大胆的揣测。

> 没什么比谈论音乐更难。
>
> ——卡米尔·圣－桑（一八三五至一九二一）[1]

---

①夏尔·卡米尔·圣－桑（Charles Camille Saint-Saëns，1835－1921），法国作曲家，钢琴、管风琴演奏家，代表作有《动物狂欢节》等。

有人嫌这样的叙述太轻描淡写。还有人觉得谈论音乐是白费精力——从塞隆尼斯·蒙克[①]到埃尔维斯·科斯特洛[②]都有过类似言论，其中的顶峰莫过于“用文字描述音乐就像用舞蹈描述建筑”。由于本书并不打算解决这个问题，我并不忌讳承认用文字“解释”音乐有些徒然——毕竟音乐所表达的事物是文字所不能描述的。有许多格言都强调，文字穷尽之处便是音乐开始之处。许多人（包括我们的新朋友斯特拉文斯基）都坚持认为音乐没有任何含义。或许我并没真的端过盘子，但多年来我一直为人送上音乐大餐。我从这份经验得知，音乐的意义在于它对我们的意义，在于在我们心中激起的回响。乍一入耳，我们便直觉般地将其与自己的感情联系起来。如果情感上无法共鸣，无论是因为什么原因——听不懂也好，隔壁人鼾声如雷也好，播放器不停卡住也好——我们都会失去耐心，将它扔在一边。我们无法像铸模一样塑造具体的情感反应，但却可以塑造提升自己的耐性和聆听的技巧。在这上面，听一两条建议的确有好处。

有些面向初学者提供音乐入门建议的课程，被起名叫

---

① 塞隆尼斯·蒙克（Thelonious Monk，1917－1982），美国爵士钢琴家、作曲家。

② 埃尔维斯·科斯特洛（Elvis Costello，1954－），英国创作歌手，是二十世纪七十年代的摇滚先驱，被称作流行音乐的百科全书。

《音乐欣赏》。这名字实在太糟了。学习如何“欣赏”好音乐就像是学习如何耐心地分析包办婚姻的伴侣，想从对方的性格里找出些让人能接受的亮点。当然，很多包办婚姻结果也不错，但那都是双方磨合后的结果。现在，我们可不愿意花二十年和贝多芬的交响乐磨合。

我们所真正追求的是充实感，顺便再带点浪漫和刺激。无论是对人还是对交响乐、奏鸣曲和歌剧，道理都是一样的。我们不只是与贝多芬相遇，我们是在和他相亲。因此，第一印象极为重要。我们最终要学会拨开表象，去观看或者聆听他内心的美好。然而，如果第一次约会他就能抓住我们的心，那就更好了。

因此我给自己定下的任务就是向你介绍几个朋友，比如柴可夫斯基，指出你们俩之间可能有的共通点，然后让你们俩好好熟悉熟悉。我不会教你怎么去听柴可夫斯基的《第五交响曲》，我也不会教你《第五交响曲》的内涵究竟为何（如果它真有具体意义的话），或是柴可夫斯基究竟是怎么写的这部作品。如果涉及这些，那这就是一本严肃的书了，而且有趣的是，它所讲述的就再也不会是音乐。本书将提出许多建议，但没有一条用到深奥的哲学语言。哲学是解决问题的学说，但我们只想了解问题本身。

不，这是一本关乎生活的书，或者更具体地说，是一本关乎内在生活的情感、口味、厌恶与渴望的书。当我们聆听伟大音乐时，我们将自己的人生经历与作曲家的进行比较。这让我们发现自己与那些伟大的作曲家之间原来也有着共同点，而这些共同点又奇迹般地将这些用音乐造福人类的作曲家们鲜活地带到我们面前。

欢迎来到一位严肃的、毕生热爱音乐的人眼中那广袤、狂野、充满智慧的古典音乐世界。乐队已经调好了音，音乐厅里的灯光已经调暗，指挥家的指挥棒已经打起了拍子，开始奏响浪漫的乐曲。坐好，开始聆听吧——它有话要对你说。

爱

爱无法让我们知晓音乐，音乐却能让我们知晓爱情。

——埃克托尔·柏辽兹，一八六五年

柏辽兹这句话为我带来了写这本书的灵感。那么，就让我们把本书开头献给那充满魔力的一瞬间——在拥挤的房间里，你们四目相对，你耳边突然响起一千把小提琴齐奏的乐音。多么浪漫——在法国作曲家埃克托尔·柏辽兹的一生中，这也是他毕生经验所凝就的箴言。

第一次听到柏辽兹的音乐时，我十二岁，刚把家里的收藏都听了个遍：百老汇音乐剧、朱迪·嘉兰[①]的演唱会、赫伯·阿尔贝特与塞尔吉奥·门德斯，还有早期的披头士。我在钢琴上敲出过巴赫的《二部创意曲》和奇怪的简化版《小步舞曲》。其后，我便一头扎进古典音乐里，软磨硬泡地向身为音乐家的父亲要钱，去买廉价的十英寸黑胶系列唱片。这个系列名为《伟大作曲家》，每周发行一张，随碟附赠一

① 朱迪·嘉兰（Judy Garland，1922－1969），美国女演员及歌唱家，被美国电影学会评为“百年来最伟大的女演员”第 11 位。

个小册子，简述作曲家的生平，封面偶尔会印上他的画像。

吸引我的是柏辽兹的脸。大部分作曲家脸上的表情都带着平静的满足，或是由内而外地发光。他们知道自己是好人，世界也很清楚这点。我由此推论天才总会得到全世界的赞许（长大以后我才知道并不是这么回事）。当然，贝多芬晚年看上去有点儿疯疯癫癫的，但我以为那都是酒精的错。

翻开柏辽兹那期的小册子。“哇噢，”我想，“这家伙有点怪，名字末尾怎么是个z？”在标题下，印着居斯塔夫·库尔贝[①]一八五〇年的作品。那明明是幅画，却比照片还真切——在黑色背景上，画着一张紧绷的脸。他眼窝深陷，谨慎地看着观者，眼神简直满怀疑心。直觉告诉我，他并不快乐。

“等等，这家伙没准是个天才呢。”我推测道，“脑子这么好使，柏辽兹本应该高兴得没边才对。”那时的我还是个孩子，生活在无忧无虑的六十年代，从未想过有人会为自己的艺术受苦。我所见的一切都告诉我，如果在音乐或艺术方面有才能，你就能穿奇装异服，行为古怪，而且享尽荣华富贵。这法国人脑子有什么毛病？

答案藏在唱片里。唱片里录着一部交响曲，但没有编号，不像贝多芬的《第九交响曲》、莫扎特的《第四十一交

① 居斯塔夫·库尔贝（Gustave Courbet，1819－1877），法国画家，写实主义美术的代表。

响曲》或海顿的《第一百〇四号交响曲》。但是，它有个名字：《幻想交响曲》，五个乐章也各有自己的名字，第一章《幻想－激情》描述的是某种思绪。这对满身都是荷尔蒙的我来说有着难以抗拒的吸引力，我等不及想听听柏辽兹在这点上有什么看法。

留声机唱针滑进弧槽内，乐声随即响起。我真希望所有人都能有一次机会，像我一样经历与富有创造力的艺术家的共鸣。这共鸣并不仅仅是在审美上互相理解，也不仅仅是智识上的和谐。它更加深刻：那是一种直觉上的共通感，就像歌手在唱自己的歌时，同时也在唱着你的心事。这部交响曲的起始旋律充满了强烈的渴望，如此孤独，甚至将所有支撑性的副旋律都甩在了一边，连伴奏也显得束手束脚。

柏辽兹曾说，这个开头描述的是"第一次受到无望爱情的折磨时，一颗年轻的心灵所面临的灭顶悲伤"。我当时还没有感受过这种痛苦，但如果这种感情如此美丽的话，我不介意试试。这部交响曲是一个爱情故事的配乐，柏辽兹还编造了一个耸人听闻的故事大纲。在今天的八卦小报上，这故事会带上这样的标题：

> 无头音乐家过量吸毒后在宴会上遇到身为女巫的女友！

这还只是最后两节的情节，难怪一八三〇年的巴黎人极爱这部交响乐。这夸张的故事正是标题中所指的“幻想”，将魔幻背景与一个出了问题的爱情故事结合在一起。这正是十九世纪早期的新一代作曲家、艺术家与作家们所追求的故事。对他们来说，“浪漫”意味着狂野、奇异和诡谲。早在年轻人们为猫王而尖叫前，柏辽兹和其他形形色色聚集在巴黎的，满怀激情的人们（比如维克多·雨果与大仲马）就在为莎士比亚而痛哭流涕了——在这吟游诗人的诗作里，涌动着现实生活的岩浆，连对英语一知半解的人也能被他震撼。

人一生中的某些经历有可能正符合艺术界的这股新浪潮。而柏辽兹的爱情生活，正如他第一部交响乐所讲述的故事一样，证明了一位浪漫主义的信奉者不一定能够得到幸福。在他的故事中，五段首尾重叠的爱情在他五十年的人生中激荡回响，将他引向一个悲剧性的结局。

柏辽兹——亲爱的，我又弄错了

一八一六年　柏辽兹爱上了芳龄十八，同为邻居和家族朋友的艾斯特尔小姐。在他少年时期燃起的这束爱火绝非短暂的激情：她成了横贯他一生的主题。在那年，他的爱情还没有什么实现的可能性。他当年只有十二岁，她只觉得他可爱。

一八二七年　当时，柏辽兹只是一个穷苦的音乐学生。一个巡演途中的英国剧团在巴黎表演了莎士比亚的《哈姆雷特》以及《罗密欧与朱丽叶》。柏辽兹在观看表演后，将这两部戏剧称作“我生命中最无法超越的戏剧”。莎士比亚在令人耳目一新的戏剧冲突中展露出了艺术的真正含义，而一人分饰奥菲利娅与朱丽叶两角的爱尔兰女演员哈里特·史密森使柏辽兹立刻坠入爱河。在看完《罗密欧与朱丽叶》后，据说柏辽兹离场时说：“我会和那个女人结婚，并根据这部戏剧写出我最好的交响曲。”编得不错，可惜他没说过这话。不过，柏辽兹最后确实也都办到了。

一八二七至一八三〇年　柏辽兹对哈里特的迷恋愈演愈烈，他因此行为古怪，连朋友们都觉得无趣。他在后台小门蹲守这位爱尔兰女人，把她吓得不轻，以致她警告身边的人都要“小心那个眼神奇怪的男人”。

一八三〇年　流言称哈里特和剧团经理有苟且之事，柏辽兹听说流言后，大发雷霆。在几次远足散心后，他花了六周写出了《幻想交响曲》。他随即又迷上十八岁的钢琴家卡米尔·默克，很大程度上是因为对方也对他芳心暗许。他们订了婚。柏辽兹在赢了一项颇具声望的作曲奖项后，不情不愿地动身前往意大利。这对情侣交换了戒指，宣誓将对彼此永世不渝。

一八三一年　柏辽兹得知卡米尔将和一位富有的钢琴制造商结婚。他前往巴黎，打算乔装一番后去枪杀这对不忠的男女和卡米尔的母亲，然后自杀。但是他弄丢了行李，他的连衣裙和决心也随即消失了。计划有变：他跳下悬崖，掉进海里。在扑腾落水处附近，有一艘渔船，于是他轻松获救。他心境一清，便为《幻想交响曲》撰写续集，以庆祝死里逃生。他为它起名《莱利奥》，又名《起死回生》。

一八三二年　柏辽兹从意大利回到巴黎，发现哈里特也在当地。他租下了这位女演员曾住的房间。激情重燃。《幻想交响曲》与《莱利奥》在十二月的音乐会上公演。交响曲的纸质节目单中对音乐的描述部分讲述了一个年轻人的故事：他爱而不得，因此过量服药，可是误判了剂量，反而做了一连串噩梦，每个梦里都有她的身影：热闹的舞会，人迹罕至的乡村，他被押赴刑场，她在女巫的安息日集会变成一个老巫婆。“被爱者”有一个专属的、不断重现的主题——也就是一个“固定乐思”[①]，观众席上所有人都知道它意指哈里特本人。她出席了音乐会，受到莫大关注。表演后，她和柏辽兹终于被正式介绍认识。一周后，他们表白了对彼此的爱。

一八三三年　哈里特成了柏辽兹太太。她是个穷人，信奉新教，还是个历史不清白的女演员，作曲家家人的反对全落了空。

一八三九年　柏辽兹实现传言中他曾许下的诺言，创作了交响曲《罗密欧与朱丽叶》。

一八四二年　玛丽·雷奇奥，一位眼珠黑亮但资质平庸的女歌手，成了柏辽兹的情妇。哈里特陷入绝望，日日酗酒。

一八四四年　柏辽兹的婚姻终于破裂。他生命中“最崇高的戏剧”落幕了。玛丽现在与他日夜做伴。

一八五四年　哈里特患了一场难愈的中风，终于身故。

---

① 在乐曲中多次重复出现或变形出现的主题。

李斯特写信给柏辽兹，安慰道："她给了你灵感，你爱过她，你为她歌唱，她的任务已经完成了。"柏辽兹与玛丽结了婚。

一八六二年　玛丽·雷奇奥因心脏病突发而逝世。柏辽兹与一位年岁不及他一半的神秘女人坠入爱河，她名叫艾米莉。

一八六四年　柏辽兹在蒙马特墓园里意外被一个坟墓绊倒，墓主人正是艾米莉。可以想象，这个意外令人颇为不快。巴黎的翻新工程要建一条新街道，因此要搬迁哈里特的遗体。柏辽兹观看了掘墓过程。他像哈姆雷特一样，对他逝去的奥菲利娅 / 朱丽叶陷入了沉思。

一八六四至一八六五年　柏辽兹决定重寻初恋，与艾斯特尔恢复了联系。她已六十多岁了。但他没能重归旧爱身边，当他终于向她表白爱意时，她让他头脑放清醒点，因为她太老了，经不起这些折腾。柏辽兹退却了，远远地倾慕她，称她为他的"遥远星辰"。

这是个悲伤的故事。一个将生命献给了音乐与爱情的男人，到头来却两败俱伤。即使如此，他还是写下了本章开头的语句，并说道：

“爱情与音乐是灵魂的双翼。”

致命的爱

“突然之间，我的心唱起了歌”，二十世纪五十年代的一首热门歌这样唱道，我觉得这正是十六世纪意大利发明歌剧的原因。克劳迪奥·蒙特威尔第所著的《奥菲欧》（一六〇七）是至今为止仍会定期公演的最早的一部歌剧。名为奥菲欧的古代音乐家痛失爱妻，以悲歌排遣伤情。他的歌喉打动了多愁善感的旧神，后者同意他前往冥界，寻回妻子，令她重回人间。但有一个条件：在回程路上，他绝不能看妻子一眼。歌剧里，所有人都蠢得无法遵守契约（这也成了后来有着相似剧情的歌剧的惯例）。于是奥菲欧偷偷一瞥，他的妻子又一次倒地身亡，奥菲欧立刻又哭了起来，为她哀悼。神明们再一次被他感动，同时也很想让奥菲欧永远闭嘴，便复活了欧里狄克，终于令夫妻重聚。

在歌剧里，爱能征服一切——有时连死亡也不例外。但就连蒙特威尔第这样的大师，在职业生涯后期也让情欲支配了剧情。他的最后一部歌剧《波佩阿的加冕》（一六四二）讲述了一群出身富贵的古罗马浪荡子的故事。故事里，尼禄皇帝把皇后抛到一边，被玩弄人心的高傲情妇迷得神魂颠倒。坏人不仅成功作恶，免于罪责，还将他们胜利的欢呼唱成了音乐史上最美妙的一首关于爱情的二重唱。

歌剧是危险的国度。高亢的歌喉花了半个晚上尝尽爱情的欢愉，却在剧末落得一死。忘掉所谓高端艺术能让人变得高尚的说辞吧：在贾科莫·普契尼这样的人手里，旋律虽然美好，角色却实在堕落。

女高音死亡案

《曼侬·莱斯科》（一八九三）

女高音：曼侬，一个年轻女孩。

堕落史：在学生格里奥的心中燃起爱火。两人私奔。格里奥花光了钱。曼侬成了财政部长的情妇，为了珠宝华服接受衰老男人的求欢。继续与格里奥的私情，并告诉财政部长她喜欢这么做。

付出代价：曼侬被当作小偷投入监狱。最后和一整船的荡妇一起被流放到路易斯安那。

死因：在新奥尔良平原上因脱水、抑郁与过劳而死。

注意：歌剧倾向于把政治家塑造成这样的刻板形象——

中老年、富裕、有情感障碍，玩弄人心。作为回击，政治家也指责歌剧也有刻板形象。

《波希米亚人》（一八九六）

女高音：咪咪，一位女裁缝。

堕落史：溜到穷困诗人鲁道夫的阁楼去借火。在唱了两首咏叹调和一首二重唱以后，两人就堕入了爱河。两人一起到镇上喝了杯酒后，咪咪就决定和他过夜。大概在第二幕到第三幕之间，两人便搬到了一起住。

付出代价：咪咪陷入了痛苦的感情纠葛。鲁道夫关心她的健康，反而令她更煎熬。满含泪水的分离之后，咪咪成了富人的情妇。

死因：肺结核。第一幕里那阵猛咳最后要了她的命。

《托斯卡》（一九〇〇）

女高音：弗洛丽亚·托斯卡，在充满阴谋算计的政治斗争中，如一朵娇花般的歌剧女演员。

堕落史：被充满艺术范儿的卡瓦拉多希迷昏了头。他和革命党人交朋友，还怂恿别人参加革命，结果被邪恶的警察局长斯卡比亚抓了起来，当着托斯卡的面接受拷问。托斯卡答应了斯卡比亚的条件，用自己的肉体换卡瓦拉多希的自由。正当斯卡比亚准备享用战利品时，她将他一刀刺死，说出了那句著名的“这就是托斯卡的吻”。

付出代价：卡瓦拉多希的枪决仪式本来只是做做样子，结果竟成了真枪实弹。托斯卡只落得个死去的爱人。

死因：从城堡顶上跳下自杀。和歌剧里死亡场景的惯例不同，托斯卡掉下来时没唱歌。

《蝴蝶夫人》（一九〇四）

女高音：巧巧桑(蝴蝶夫人)，十五岁的日本契约新娘。

堕落史：没有堕落，她是一个遵守契约的女孩，纯洁高尚。驻守日本的美国海军军官平克尔顿娶了她，在第一幕剧末的二重唱里听起来还是很真诚的。她在中场休息时怀孕生子，而平克尔顿说要出门买个面包，结果消失了整整三年，回美国娶了个合法妻子。这对美国夫妇的反应有些迟钝，他们结伴回了蝴蝶在长崎的住处。

付出代价：爱情与尊严都受到了背叛，蝴蝶意识到自己身在一个糟糕的契约里。

死因：切腹。

《修女安杰丽卡》（一九一八）

女高音：安杰丽卡，修女。

堕落史：未婚生子。对十七世纪佛罗伦萨贵族而言很见不得人。

付出代价：被迫成了修女，和孩子分离。不久，一位对她不齿的姑妈带来了孩子的死讯。

死因：服下自制毒药而死。观众们开始疑惑普契尼究竟什么时候才会放过女高音。

《图兰朵》（一九二四）

女高音：柳儿，年轻的中国奴婢。

堕落史：没拿到女主角，让另一个女高音抢了角色——对方的片酬也应该比较高。不管怎么说，她还是爱上了男高音。

付出代价：扮演可怜的“邻家女孩”角色。明显得不到男高音的心。

死因：写到第三幕柳儿自杀后，普契尼死了。天道好轮回，女高音复仇成功。

小夜曲

歌剧中的死亡超越了生命——或超越了现实的死亡。和台上的假情人相比，现实中的情人追求更亲密的事物。小夜曲应运而生。一提到小夜曲，人们眼前便会浮现出这样的景象：夏夜，一个穿紧身衣的蠢蛋朝着女友房间的凉台大唱情歌，而且居然不会吵醒邻居。

深夜在户外示爱在十六世纪很流行，从莎士比亚的《罗密欧与朱丽叶》中就可见一斑；一本一七三二年的德国词典也记载了音乐剧中的相似情节。小夜曲这个词来自拉丁语“serenus”。我想，应该是一个南欧人在某个炎热的夜晚第一次想出了这个词。

小夜曲后来变得很大手笔，包括多种乐器，发展出了许多体裁。邻居们应该要气得七窍生烟了，不过在这个阶段，小夜曲已经不再是唱给凉台上女友的歌了。莫扎特为管乐写过小夜曲（包括《降 B 大调第十管乐小夜曲》，作品中的慢板章节精彩卓绝），勃拉姆斯早期的交响曲习作中，也有几个为管弦乐队写的小夜曲乐章。

读者，如果你勇敢且有一把好歌喉，还热爱户外运动，说不定可以试试让小夜曲得到复兴。就我而言，我是从没见过有谁唱小夜曲能成功的，不过问题可能出在选曲上。古典乐作曲家写了满坑满谷的小夜曲：莫扎特的几部歌剧里都有（《唐·璜》《后宫诱逃》《女人皆如是》），罗西尼和多尼采蒂也差不多；至于体裁更随意的艺术歌曲与轻音乐，舒伯特、托斯蒂[①]和马斯卡尼[②]写了不少好唱的曲子。说真的，不少作曲家都给我们留下了好几首浪漫小调，很值得在吉他上弹弹试试。当然了，如果你的爱人住在二楼之上，还是对着手机唱歌为佳。如果唐·璜是靠电邮发音频文件来泡妹子的话，就没那么戏剧性了。

唱小夜曲的人都有不可告人的动机：受邀爬栅栏到凉台喝杯甘菊茶小叙一场，或者给鲁特琴迅速调个弦，好面对面来首亲密和谐的二重唱。在中世纪，大概在十二世纪到十三世纪之间，法国吟游诗人和叙事诗人不再只追求单纯的情欲。他们歌颂典雅深致的爱情（当时他们称之为"fin'amor"），"只可远观而不可亵玩"，更像是一种不算偷情的偷情。如果有了肉体关系，那不仅是庸俗的对肉欲的屈服，还违反了规则。吟游诗人所爱的女人多半是他们所配不上的。有时，他们甚至没看到过她，便坠入爱河。当他们真的亲眼看见理想中的爱人时，便因疯狂迷醉而早早死去。这好像有点本末倒置。

吟游诗人示爱的方式仅仅限于遵守极严格的礼节及创作诗歌，其中一些堪称同时代的瑰宝。成百上千的吟游诗人在

---

① 弗朗切斯科·托斯蒂（Francesco Tosti，1846－1916），意大利作曲家。

② 波特罗·马斯卡尼（Pietro Mascagni，1863－1945），意大利作曲家、指挥家。

欧洲各地的宫廷游荡，躲在廊柱后，每嗅到一丝玫瑰香，便将狂热的痴情升华为情歌。那个年代竟有这么多可望而不可及的女人，真叫人惊奇。当时的风尚就是优雅的单相思，某人若还想留在这些高贵门庭里，必须得彬彬有礼、多才多艺。

随后，情歌风靡一时。法国人赛尔米西[①]在文艺复兴期间以《只要我活着》一曲名留青史，意为“只要我壮年未逝，我便将侍于爱情之王麾下”。这首歌有各种声部的版本，编曲各异，直到一六四四年仍见诸报端。连续一个世纪居于榜首——这种事在现在是不可能了。

爱情的基础工具

演奏情歌时，以下乐器的评价一直很高：

长笛

> 长笛柔声倾诉，在低回中揭露绝望爱人的悲苦……
>
> ——约翰·德莱顿
>
> 《圣塞西莉亚节的赞歌》（一六八七）

① 克劳丹·德·赛尔米西（Claudiu de Sermisy，1490 – 1562），法国作曲家。

大提琴

> 大提琴正像一位不随时光老去，反而愈加年轻的妇人，日渐苗条，日渐柔顺，日渐优雅。
>
> ——帕布罗·卡萨尔斯
>
> 《时代杂志》访谈（一九五七）

注：卡萨尔斯可不是在乱说。第二次结婚时，他比岳父还大几十岁。在人们质疑他与一个比他年轻六十岁的女人结婚时，卡萨尔斯说：“我是这么看的：她要是死了，我也没办法。”

柔音中提琴

现在，交响乐团里的提琴都只有四根弦。然而，音色带着一丝中东味道的柔音中提琴却十分奢华，有多达十四根琴弦：七根用以演奏，另七根置于其下，演奏时和上层琴弦共鸣发声。只要轻轻一拉琴弓，就能发出丰富深厚的音色。木管乐器家族里也有柔音双簧管，但这名字只是描述它音色柔情，而不是其发音方式。真是可惜，如果这种管乐器需要两个人吹奏发声，肯定会更受欢迎。

实用的爱情建议

小心女演员

古典音乐告诉我们，和演员结婚风险不小。埃克托尔·柏辽兹与哈里特的悲剧故事，前文已经细说过了。

• 理查德·瓦格纳与第一任妻子米娜·普兰纳的婚姻一开始便不顺利，仅当两人各自没有情妇情夫时，其婚姻才暂时死灰复燃（见《胜利》一章）。

• 列奥波德·斯托科夫斯基[①]和葛丽泰·嘉宝[②]在二十世纪三十年代有过著名的一段情，主要是好奇使然——他想知道和女同性恋做爱的体验。后来他说体验相当美好。

• 在意大利作曲家契莱亚一九〇二年创作的歌剧《阿德里亚娜·莱科芙露尔》中，一位伯爵与一位王子分别爱上了两位针锋相对的女演员。阿德里亚娜最终死于对手送来的毒紫罗兰的致命花香。女演员们对彼此狠起来实在是不一般。

歌手稍好点儿

你可能本来以为歌剧女主演是危险人物，但显然，证据

---

① 列奥波德·斯托科夫斯基（Leopold Stokowski，1882－1977），美籍波兰指挥家，指挥风格豪华壮丽。

② 葛丽泰·嘉宝（Greta Garbo，1905－1990），瑞典籍好莱坞演员。美国电影学会评选的百年来最伟大的女演员第五名。

显示歌剧女高音是可以好好过日子的。

•挪威作曲家爱德华·格里格与其妻（兼表妹）尼娜称得上是古典音乐界的神仙眷侣。他们少年成婚，婚后四十年的生活十分快乐平静。他为她写歌，她在他们俩的独奏会上演唱。在格里格先于其妻几年逝世前，他写道："我这辈子只有一种过人的天分，那就是爱。"

•歌剧作曲家也容易受到歌唱家的吸引，将她们作为自己音乐的缪斯：意大利歌剧作曲家威尔第与第二任妻子、罗西尼与第一任妻子的婚姻都持久且充满爱意。一八九四年，理查德·施特劳斯与女高音歌唱家保丽娜·德·阿娜成婚，并将所写的四首最好的歌送给她作为结婚礼物。她在家穿裤子[①]。施特劳斯曾对马勒坦白过："我妻子有时会有点粗暴，但我正需要这样。"

梅开二度也无妨（多开几次也不错）

•巴赫与远房表妹马利亚·芭芭拉的婚姻十分愉快，儿女满堂。然而她一七二〇年便早逝了，给约翰留下了好几个小巴赫养活（他是个努力不懈、不知劳累的造人专家）。二号妻子是二十岁的安娜·马德莲娜，比他小十六岁，也

① 二十世纪初及之前的欧洲，女性以裙子为正统下装，女性穿裤子是一种失礼甚至违法的行为。

给他生了好些孩子。刚开始，他们每年生一个，等到巴赫五十过半才终于稍微放缓了节奏。虽然孩子夭折了不少（这在十八世纪早期很常见），但大多数时候，巴赫家里都有至少十个孩子跑来跑去。安娜·马德莲娜十分尽责，甚至留下了孩子们学习音乐的手抄本。巴赫家的男孩们不少都成了作曲家。

• 同样，威尔第、肖斯塔科维奇、罗西尼、斯特拉文斯基和瓦格纳都在第一任妻子逝世后，以绝佳的运气找到了第二任妻子。不过最后两位只是娶了交往多年的情妇而已。从柯西玛同意搭瓦格纳的独轮手推车回酒店开始，瓦格纳就爱上了她，她后来成了他第二任妻子。

• 向阿洛伊西亚·韦伯（她还是个歌手！）求爱被拒后，莫扎特退而求其次，转而爱上了她的妹妹康斯坦泽。他们婚后感情紧密，充满鱼水之欢，两人还说了不少闺房笑话（见《情欲》一章）。

• 四处巡演的钢琴大师兼作曲家亨利·利托尔夫对婚姻满腔热情，但不善于与人相守。在十七岁与即将成为第一任妻子的十六岁少女私奔时，他的热情便可见一斑。他们很快分居，但离婚并非易事，他为此尝试了几年都没有成功。某次尝试离婚甚至令他交了一笔很大的罚款，还坐了牢。不过，他对其中一位狱卒的妻子甜言蜜语，通过她的帮忙逃了出来。他随后又结婚两次，都以离婚告终。最后，年近六十的他与年仅十七的第四任妻子成婚，后者是他生病时的看护。随后，她继续照顾了他十五年，直至他逝世。

给妻子的提醒

说到这里，各位妻子要记住——丈夫现在看上去十分有趣，性情易变很可爱，但以后，他可能是个大麻烦。

•罗伯特·舒曼与其妻克拉拉·维克婚前的浪漫史可能是音乐界最著名也最老套的爱情故事：她是舒曼钢琴老师的女儿，既出色又任性；他则精力充沛到几近癫狂。克拉拉是钢琴界的天才少女，罗伯特是个有光明前程的琴手，但他用来辅助练习的奇怪装置毁了他一根右手手指，前程尽丧。克拉拉的父亲无所不用其极地拆散他俩：写信、诋毁、打官司。但爱情战胜了一切，一八四〇年九月，两人在克拉拉二十一岁生日前夕结婚。但他们的幸福生活被罗伯特的抑郁症和精神崩溃打断了。一八五四年，他说魔鬼的恐吓声弄得他不得安眠，随即跳了莱茵河。其后两年半，他四处流浪，没见妻子和孩子一眼。后来他们终于相见，第二天他便死了，死因可能是绝食。

•英国作曲家弗雷德里克·戴留斯的妻子耶尔卡·罗森也受了不少苦。他们一九〇三年结婚时，他已经是多年的梅毒病人。二十年后，他瞎了眼，瘫痪在轮椅上。照顾他的压力必定不小；耶尔卡虽然没从他那里染上梅毒，身体恶化速度却也和他一样快。他死后一年，她也过世了。

结语

回到柏辽兹身上。人到中年，他对浪漫的态度不再像《幻想交响曲》那样激情洋溢。在最后的爱情征途中，他写的最后一首歌是《夏夜》。曲中的旅人要求被带去爱情能永久不灭的地方。“唉。”船夫说，“没有这样的地方。”

为了把本书的故事说圆，让我们姑且假设这场音乐恋爱开了个好头。以一桩这么简单的心事作引，音乐随即将带我们经历一种较阴暗的情感——同时也是这段感情之旅的下一阶段。

情欲

我都和那女人睡了七年了，她怎么还记不住我讨厌吃鱼？

——阿尔图罗 · 托斯卡尼尼[①]

曾经的情妇刚刚给他送上鱼子酱后，他对朋友说道。

①阿尔图罗 · 托斯卡尼尼（Arturo Toscanini, 1867 – 1957），意大利指挥家，20 世纪最有才华的音乐指挥家之一。

音乐史上充满了荷尔蒙。在音乐事业的成败上，在演奏家与作曲家的心中，情欲都举足轻重。更有些人认为，情欲塑造了音乐本身。古典音乐中的性元素在撩拨人之余，还让审查人员迷惑，让观众发怒。道德受了玷污，听众胸膛因激动而起伏。在描述极其吸引人的音乐时，用的词是“销魂”，像在说一位热情的爱人。

和其他章节不同，《情欲》这章不需要核心作曲家，因为，实话说，每个人都受情欲控制。性病或威胁或夺走了伟大音乐家们的生命（舒曼、夏布里埃[①]与戴留斯只是其中几位）。巴赫有二十多个孩子，莫扎特给妻子写了许多露骨书信——我们可以从中一窥他们充满激情的婚后生活。更有许多音乐家则是风流浪子。那时的演奏家们与现在的演奏家一

① 埃马纽埃尔·夏布里埃（Emmanuel Chabrier，1841－1894），意大利冒险家、作家。

样过着四处环游的生活。李斯特广受欢迎，可不仅仅是靠一手还算过得去的琶音[①]。李斯特的某个私生女还与瓦格纳有私情，给他生了三个孩子之后才终于成婚。

在动荡不安的歌剧世界中，交合的情节一般都安排在中场休息前。一般来说十八世纪维也纳的观众们都十分文雅，关于这方面的情节设置，没有人比莫扎特做得更到位。在《费加罗的婚礼》一开场，费加罗就忙着在给婚床量尺寸腾位置。与《费加罗的婚礼》一样，《唐·璜》的剧本还是由洛伦佐·达·彭特（似乎是个阴茎崇拜者）所创作。他的好友贾科莫·卡萨诺瓦[②]在这部剧本创作期间，似乎扮演了顾问的角色。

说到这里，让我们暂停一下，转而谈谈——

致读到这里的绅士们：

> **男人！**
>
> 你是否觉得一夫一妻制的教条是个负担？
>
> 你是否有那么点羡慕唐·璜或卡萨诺瓦的风流韵事？

若如此，莫扎特一七八七年创作的歌剧《唐·璜》就能

①指一串和弦音从低到高或从高到低依次连续奏出，可视为分解和弦的一种。

②贾科莫·卡萨诺瓦（Giacomo Casanova，1725 – 1798），意大利冒险家、作家，18 世纪享誉欧洲的大情圣。

给你带来身临其境的享受。唐·璜是西班牙贵族，拥有多少女人都嫌不够。如果靠身份得不到某个女人，他就诉诸武力。刚开场五分钟，他就犯下了一桩强奸案与杀人案。但随着故事展开，他也变得可爱了起来——或许只是因为心理学大师莫扎特把我们往下拉到了和唐·璜同一个水平上。不用说，戏里充满了马戏团一样精彩的表演——才到第二幕，我们就看见唐·璜一个接一个地攻克了三个女人，而且还盯上了第四个。

在著名的《花之歌》咏叹调中，唐·璜的仆人利波雷洛给了我们一些数字，让我们得以一窥唐·璜摘花的速度。如果每拿下一个女人就在床头板刻一条痕迹的话，那床板都会被刮成木屑了。于是利波雷洛只好按国籍分类介绍，其中包括六百四十位意大利美人，二百三十一位德国小姐，一百位法国少女，“区区”九十一位土耳其女孩，以及在西班牙主场的一千〇三位美女，数字还在不断增加（西班牙女人的人数刚刚上四位数，这说法有种可怕的滑稽感）。这首咏叹调表现出了这位性瘾患者的病态与他追求女人的高超技巧：夸奖发色浅的女人心善，夸奖发色深的女人坚毅，夸奖发色金黄的女人甜美。唐·璜说高大的女人“威严”，矮小的女人“娇俏”。他荤素不忌，口味甚广。无论任何年龄、身材、阶级，他都来者不拒。举例来说，胖女人在天冷时享用为佳。

毕竟在一七八七年，离电热毯面世还早。

考虑到歌剧公演的年代，莫扎特的前瞻性实在令人惊叹。法国大革命即将到来，贵族阶层正迎来末日，群众欢呼雀跃，看着贵族们无知无觉、毫无愧色地走向断头台。莫扎特用唐·璜放荡的下半身作为象征，代表了作曲家所处的世界里的一切错误——至少我个人是这么认为的。莫扎特是个热爱闺房之事的人，如果他突然对我们摆出正经的姿态，认为所有迷人而精力过剩的花花公子都该下地狱的话，那未免有些遗憾。而在歌剧的结尾，唐·璜的下场正是如此。

莫扎特本人和唐·璜一点也不像：在他的年代，音乐家的地位和仆人没什么两样。他还总是缺钱——但没有传说中那么穷困潦倒。他生活不算奢靡，但也不节约。他写的信里充满了他对妻子康斯坦泽从不间断的情欲，读来令人耳目一新。他向父亲写道："她的美正在于两只小黑眼睛和曼妙的体态。"康斯坦泽善良友好，莫扎特不知怎的便为她神魂颠倒。他二十五岁，正是活泼的年纪。她也一样；他们的婚事差点毁在一场派对游戏上——她让一个陌生男人量她小腿的宽窄。莫扎特说她的小腿和身上其余一切的零件全归他独有，他给她写信，说他多么渴念她的屁股和"可爱的小鸟巢"，能让他的"小男孩"进去歇息。他还写道（一七八九年的信件），正写着这句话时，他的"小男孩"溜上了桌子，

“正探头探脑地看着我”。这些和他后来发表的歌剧《魔笛》可没有半分关系。

莫扎特死后十六年，《唐·璜》在丹麦首映，由埃多拉尔德·杜·普伊主演。结果他似乎入戏太深，人戏合一了。后来皇室聘他做声乐老师，给克里斯蒂安·弗雷德里克王子——也就是后来的克里斯蒂安八世——的王妃教课。学生殊为不智，与老师坠入了爱河。结果师生双双被流放，杜·普伊在丹麦的事业也走到了尽头。

莫扎特与达·彭特的最后一部合作作品为《女人皆如是》，探讨性道德的主题。剧中的两姐妹与两位军官订婚，两个未婚夫和一个愤世嫉俗的老光棍打赌，赌两位未婚妻的忠贞之心。两位年轻人对伴侣满怀信任，而老光棍坚持只要情况合适，道德总是会被扔到脑后的。就像他说的一样，“Così fan tutte”（女人皆如是）。

面对异国口音和古铜色腰身的一连串挑逗，道德能撑多久，忠贞的义务要多久就会被抛之脑后？如果这两个双眼朦胧的小白鼠确实背弃了诺言，这种浅薄和在性事上的投机态度对莫扎特的时代又意味着什么呢？对我们的时代又意味着什么呢？

他们设了个局，假装两位军官突然受征召离开，同时两位古铜肌肤的阿尔巴尼亚人从天而降。当然，后者只是两位军官戴上大头巾，涂黑皮肤假扮的。他们搭讪彼此的女友，在许多爱抚及美妙的合唱后，没几天这两对佳人便宣布了婚约，换妻的游戏竟成了真。

所谓美好的旧时代也不过如此；我们不该听信父母和自以为是的道德家，以为从前是“更纯洁”的年代。莫扎特让我们谨记，在几百年间，人类的冲动和控制冲动的能力都没什么改变。那该怎么补救？像剧中人物在终场时一样，大笑一场，接受我们早已心知肚明的弱点。

再多来点性，谢谢

阿道司·赫胥黎曾引用过一条意大利格言：“床笫是穷人的歌剧”。我们得把这句话倒过来，满怀自信地说，歌剧是富人的床笫。歌剧中充满了有钱有势的老男人，追求着年轻女人的身体。但在数不清的歌剧里，年轻女人也靠她们的智慧及狡猾扭转局势，从中得利。

在前文提到的普契尼所作的《托斯卡》中，美丽的歌手知道警长斯卡比亚男爵想要的不仅是她的咏叹调。她让他以为自己占尽上风，然后给了他致命一“吻”。在理查德·施特劳斯一九〇五年的歌剧中，风情万种的莎乐美乐意为已经神魂颠倒的希律王摘下七重面纱，只为得到她真正渴望之物。结果她想要的是施洗者约翰的首级，由此可见，歌剧还是吃完晚饭再看为好。

在阿尔班·贝尔格[1]一九三七年发表的歌剧《璐璐》中，致命女郎[2]则是性事中被复仇的一方，而非复仇者。她在剧末遭遇了开膛手杰克。在此剧出现的两个世纪前的另一部独幕诙谐剧《管家女仆》中，女仆塞皮娜（Serpina，在意大利语中指“小蛇”）玩弄手段，嫁给了她富有的老雇主乌贝托。早在法国大革命爆发的许多年前，性吸引力就已经成为一个女人用以逃离性别及阶级限制的正当手段。一旦得到解放，女人就有了更多选择。苏格兰裔美国女高音玛丽·嘉顿就让许多男性歌剧爱好者欲火难耐。在当时，她的身材在女高音中算得上是苗条非常。一位年长倾慕者盯着她低开的领口问，她的抹胸裙到底是靠什么撑着才没有滑下来？

她回答道：“你的年岁，先生。”

歌剧情节里还不乏人兽桥段。在达律斯·米约[3]一九二七年所作的短歌剧《欧罗巴的掠夺》中，欧罗巴发现自己爱

① 阿尔班·贝尔格（Alban Berg，1885－1935），表现主义音乐的代表人物，与勋伯格·韦伯恩开创“新维也纳派”。

②Femme fatale，源自法语，文学上指以各种手段诱惑或欺骗男人，使其落得悲惨下场的女性角色。

③ 达律斯·米约（Darius Milhaud，1892－1974），法国作曲家。

的是动物，便与帕加马分手。对此，他自然是怒不可遏。

性？真的？

如今一个时兴的做法是让男高音们演绎巴洛克时期为阉伶所作的炫技唱段——但（让男高音们庆幸的是）他们不是真正的阉伶。这些最早的魅力男伶让顶级作曲家梦寐以求，也受观众们崇拜追捧。他们高亢的歌喉具有少年男高音近乎超自然的纯净，因为他们基本上还是个少年。通过手术辅助，他们得以保持青春期前的宽广音域。只需迅猛一刀，接着是什么东西掉进罐子里的轻轻两声响，就能获得持续一生的高音，而成年男子的身形使少年的高音更具力量。

最具盛名的一位阉伶是法里内利。这种级别的巨星一般用单个词作为艺名，就像今天的时尚设计师、催眠大师，或者麦当娜这种明星。有些人以为器具里少了两团核心零件，就不可能再一展雄风了。那么，法里内利在台下的某些与声乐无关的表现可就要让他们大吃一惊了。吃惊也不奇怪：有多少机会让你和阉人聊传宗接代的话题呢？说实话，由于决计不能使人怀孕，阉伶倒更能让一些热情的仰慕者满心欢喜。

极度活跃的卡法雷利就是其中一位。他是欧洲最受欢迎的歌手之一，在露台下为怀有身孕的法国王妃们唱小夜曲，在德国作曲家乔治·弗里德里克·亨德尔的歌剧《塞尔斯》（作于一七三八年）首演中担任主角。剧中一首著名的咏叹调《绿树成荫》正是专为他所写，咏叹对一棵树的动人情感。这位绝世伶人还曾和一头活象与几头骆驼同台，并将野兽们的风头抢个精光。

卡法雷利拥有真正当家花旦的性情。他一七四一年因在台上对观众们做粗俗手势而入狱，此前还因为在那不勒斯教堂袭击同事而被软禁，当时正举行一场正式的修女发愿仪式。

对某些爱慕他歌声的女性仰慕者，他也很乐意给她们展示自己身上受了刀割的宝贝，让她们眼见为实。一七二八年，在罗马，他还被某个归家的丈夫抓了个现行，得躲在被弃用的水缸里挨过下半夜。卡法雷利的情妇怕他落得斯特拉德拉（下文会提到）的下场，还雇了几位保镖保护他，免得他在逗留期间被丈夫报复。

一百年后的歌剧舞台上，阉伶只留下了尘封的回忆。此时，另一类性爱之神降临在了音乐厅舞台上：钢琴家弗朗茨·李斯特。一八四二年，当这位带有异国情调的长发匈牙利人在柏林表演时，观众们为他而疯狂了。迷恋他的女人们在表演后收集他钢琴里断裂的琴弦，把它们改造成项链。被他丢掉的其他东西也成了纪念品：咖啡渣被存在香水瓶里，烟屁股被满怀爱意地藏在乳沟里。为了描述这种疯狂，人们还发明了“李斯特狂热”(Lisztomania）这个词。

如果你以为当地修道院能从这些俗世的色情闹剧中幸免，那你就大错特错了。《布兰诗歌》描述了中世纪僧侣对酒色毫无节制的沉湎，德国人卡尔·奥尔夫在一九三五至一九三六年间为其谱曲。开场的合唱曲《噢，命运》是古典乐中最为人熟知的圣歌之一，因电视广告及电影预告片经常使用它的片段。此曲高亢地歌唱命运的无常，充满野性，甚至带着异教的味道。歌词开头还描述了对躺在英国王后怀里的渴望，当然，当时离伊丽莎白女王的时代还早。

刚才是不是说到了被抓个现行?

亚历山德罗·斯特拉德拉就是死于性爱。他是当时最著名的意大利作曲家之一，但他的死却和疾病或过劳没什么关系。有一条行为准则直到今天也适用，他却一再无视了它，最终付出了代价：不要贪便宜偷老板的东西。

斯特拉德拉第一次惹上事是一六六九年。在罗马，他试图和一个腐败的修道院长及一个小提琴手一起贪污罗马天主教廷的钱款。这桩丑闻最终让这位年轻的作曲家离开了这座城市。这是他几次跑路中的第一次。

他慌不择路地逃到了威尼斯，结果惹上了更多麻烦。来自当地望族的阿尔维斯·康达里尼觉得他的情妇该学点音乐，便雇了斯特拉德拉。很快，音乐就点燃了别的火焰，斯特拉德拉和学生私奔了。有句话叫绝不要得罪威尼斯人。康达里尼勃然大怒，集结了四十个心腹手下，一路追杀背信弃义的音乐老师直到都灵[1]，铁了心要复仇。

多亏了当地摄政王的外交庇护，斯特拉德拉才捡回一命。但康达里尼又用银子砸来了两个刺客，试图在一六七七年十月刺杀那位作曲家。传说刺客们计划在斯特拉德拉在罗马的一场音乐会后刺杀他，结果因为音乐太合他们口味，他们对作曲家自报家门。他们盛赞斯特拉德拉的清唱剧美妙绝伦，建议他尽快逃命。真是一对多愁善感的刺客！今天要想找这么有品位的雇佣杀手可就难咯。

即使收到了这样的警告，斯特拉德拉还是继续用下半身思考。一六八二年初，他又在热那亚故态复萌，这次是和一位与劳米里家族“有关系”的年轻女人。这就是最后一根稻草。这次被派去追杀他的人显然不那么偏爱奏鸣曲，这位走上歧途的作曲家终于在露天广场被刺身亡。

---

① 意大利北部城市。

还有一桩在死亡时间上和性事贴得更紧些的事件。受害者是韦诺萨亲王卡洛·杰苏阿尔多[①]的妻子。这位亲王有些疯癫，性烈如火。他妻子和安德里亚公爵暗通款曲，丝毫不知道自己丈夫已经得了风声。看起来，十七世纪的意大利人不太能好好处理这种事。某晚，杰苏阿尔多夫人和她的骑士正在品尝卷烟，满心以为卡洛亲王正在外面巡视地产。此时，愤怒的亲王一手持枪，一手持刃，破门而入。他在公爵身上清空了子弹，匕首则刺入了妻子身躯，那场景堪称《惊魂记》[②]中浴室戏的先驱。后来，他终于厌倦了杀人，写起了情歌小曲。即使放在今天，他写的小曲听起来也挺奇怪的。

舞动的荷尔蒙

啊，华尔兹——对老维也纳的浪漫与风尚的最好体现！这就是我们今天对华尔兹的印象。但这种三三拍的贴身旋

---

① 卡洛·杰苏阿尔多（Carlo Gesualdo，1561－1613），意大利文艺复兴晚期杰出的作曲家，鲁特琴演奏家。

② 由阿尔弗雷德·希区柯克执导的美国惊悚片，讲述了玛莉莲在浴室中被精神分裂的狂人杀死，之后玛莉莲的姐姐和男友协同警方揭露狂人杀人真相的故事。

转舞对十九世纪早期欧洲拘谨的肢体语言来说，简直粗俗至极。一八一二年前后，华尔兹传到了英国，媒体说这种舞蹈简直像是在交配。一位将军与一个年轻的花花公子决斗，只为了争执它到底可不可接受。枪倒是开了，可没有人丢命，也没有谁缺了手脚。最后，大众终于能享受这种编成舞的“毛手毛脚”了。拜伦勋爵[1]还用假名写了首出人意料的诗，假正经地抨击华尔兹：

那灼热的手慌乱摸索，
环绕蜂腰，爱抚身侧，
丰乳便公然交予男人手掌，
私下则拒他千里——若真能够。

——荷莱什·赫尔南先生
《华尔兹：春情赞歌》(一八一三)

音乐里的性

拉威尔的《波莱罗》到底是何方神圣？早在达德利·摩

① 即英国诗人拜伦。

尔和波·德瑞克在一九七九年的电影《十全十美》中用《波莱罗》做催情音乐前，这首曲子就已经作为“古典音乐中最强大的催情曲”名声在外了。但这部电影的大获成功使得《波莱罗》的催情效果成了传奇。任何一位有自尊心的浪荡子除了在天花板上装镜子，床头柜上放薰香以外，都会再准备一张《波莱罗》的唱片。

这首乐曲是拉威尔在一九二八年为朋友伊达·鲁宾斯坦和她的芭蕾舞团所作的芭蕾舞曲，这表演本身确实带有强烈的性意味：一个年轻女人，在昏暗的西班牙咖啡馆里，独自为一群男性观众起舞。后来，这首曲子成了音乐厅的演出曲目之一，即使没有视觉的帮助，音乐本身也为听众带来了肉欲的气氛。它几乎立刻就给人们带来了强烈的影响；即使在拉威尔仍在世时，它就已经被用于电影制作之中，如一九三四年的大片《波莱罗》，由卡罗尔·隆巴德与乔治·拉夫特主演。

人们总说艺术家是基于自己的切身体验进行创作的。但在这个情况下，我们很难把作曲家的性格和这婉转低回、显然如性高潮一般重复扭动的音乐联系在一起。简单来说，拉威尔不是个寻欢作乐的人。我们实在不得而知，这位瘦小而神秘的精致公子是否会冒着毁坏裤子上完美褶线的风险，为任何人宽衣解带。

他本人对此曲的描述也毫不色情："没有音乐的十七分钟长管弦编曲。"他写道，"这是一个特殊的、限制方向的实验之作。"这评价听起来有点像是在说某种手铐，我们也确实可以从这首曲子里听出某些捆绑的意思来：一个调子，一个节奏，没有发展。伴着小军鼓的持续鼓点，乐曲的原材料被捆紧，带上口塞，放在中国式的水牢里反复折磨。每次重复同样的旋律，都会新加入几种乐器，使乐声逐渐变强。冲撞是一样的，只有器具越来越大。最后，这种和谐完全爆发了，上升到另一个音高，但绳索还在——没人让那该死的鼓点停下来。再几次狠狠的冲击，一切结束。那我问问你，前戏呢？他们就不能换个体位（调号）吗？就这样？——才十七分钟？最重要的是，拉威尔为什么不给我们来支事后烟？

我并不是要诋毁《波莱罗》毋庸置疑的影响力。就像任何一位有才华的情人一样，它的每次表演都几乎让人想为它起立鼓掌。但就像我们从音乐中"读"出的大多数含义一样，这首曲子的催情力量是我们集体投射到其中的，源自于我们身上较少受关注的色情天性。拉威尔的音乐在他的时代被抨击为"像爬行动物"和"冷血"。这样看来，我们之中有些人颇有兴趣和披着蛇皮的人来场一夜情。

多年前，我曾为悉尼管弦乐团录制《波莱罗》唱片。指挥家斯图尔特·查伦德尔忍俊不禁地指出我们录制那天正好是情人节。我们忙活了整个早上，重复排练片段，终于在第六十九次成功录完了。

当还有那么多作曲家乐意提供更露骨的作品时，给《波莱罗》注入色情的暗示就有些没意义了。在克劳德·德彪西的《牧神午后前奏曲》中，我们神似撒旦的主角，和一群赤身裸体的水边仙女寻欢作乐（这是原作者斯特芳·马拉美[①]原诗的剧情）。这是真的，还是一场梦？顺便一提，曲子开头那段是潘神在吹笛。

斯克里亚宾[②]的《狂喜之诗》将交合提升到了宇宙层面，描述“雄性的创世之灵与雌性世界”的结合。演奏这首曲子的乐团规模也很大，配得上这么重量级的主题。乐团中，由小号独奏代表阳物。就我所知，这是唯一一首描述多重高潮的管弦乐作品；但话又说回来，这说不定只是我一厢情愿而已。最初，斯克里亚宾给它起的名字是《狂欢之诗》。

说到音乐中美妙绝伦的性爱狂欢，莫过于芭蕾舞曲《达芙妮与克洛埃》中最后一幕的酒神节。这首曲子的作者是拉

---

① 斯特芳·马拉美（Stéphane Mallarmé，1842 – 1898），法国象征主义诗人和散文家，早期象征主义诗歌代表人物。

② 亚历山大·尼古拉耶维奇·斯克里亚宾（Alexander Nikolayevitch Scriabin，1871 – 1915），俄罗斯作曲家、钢琴家。他的作品对 20 世纪的欧洲音乐有过重大的影响。

威尔（没错又是他）。剧情很简单：少年遇见少女，少女被海盗抓走，海盗被潘神的幻影吓到，少女和少年重逢，皆大欢喜。注意听合唱团在弦乐的呼啸声中如何呻吟喘息。别告诉我他们只是在打牌而已。我觉得，这段灵巧而性感的表演的性魅力可比《波莱罗》强多了。

回到主题上来，我们怎么也不能忘了理查德·施特劳斯的《家庭交响曲》。这首曲子展示了家庭之乐的图景。根据大纲（由音乐演绎的字面描述），施特劳斯和孩子们嬉闹，享受了美好的夜晚。钟响七声，作曲家与妻子歇息了。随后是“性爱场景”，包含了一系列极为挑逗的音乐片段，最后钟再响七声，早晨来临。（在听这首曲子时）听众甚至不需要运用太多的想象力。

能在我们所敬仰的人身上找到这些不得体的东西，实在让人大大松了口气。我们身上有这么多冲动，总是要找个口子发泄的。如果羽毛笔尖是让液体流泻的唯一渠道，那也未免太让人震惊了。我们执着地把作曲家们想象成是身形消瘦的清教徒。奇怪的是，我们从没想着要让艺术家或作家也这么一尘不染，而今天，正是摇滚乐手独占了音乐界“坏小子”的名头。一位现代画家如果蔑视法律或染着什么瘾，不知怎的，其身份就更有说服力（如果是女艺术家，她行事就该更谨慎些。这又是一个刻板印象）。可对于莫扎特早在一七八一年就反抗过的规矩，我们还是期望当代作曲家会守着它们。我们会在任何画廊商店里买裸体画作明信片当纪念品，却不太好意思问人要弗朗西·普朗克一九四四年的歌剧作品《泰莱西亚斯的乳房》（顺带一提，这作品绝妙）。说到这里……

色情内容好卖?

最近关于古典音乐“危机”的讨论像任何关于艺术之“高等”与“低等”的讨论一样，透着一股不可一世的味道。我们并不清楚区别艺术高低的界限在哪里，但一旦我们觉得“高等”和“低等”的艺术被混为一谈时，就会满肚子都是牢骚。

伟大的作曲家被我们高高供在西方辉煌成就的圣坛上。没什么人能享受比之更高的尊荣了。但看来，他们也并不是不可亵玩的。至少，某些焦虑的文化观察者就不住地抱怨，一些大师的形象已经被利欲熏心的营销人员抹了黑。

他们是这么说的：为了丧心病狂地亵渎神圣，攫取利润，可怜的莫扎特和贝多芬只能同噘嘴撒娇的淫娃与小白脸混在一起，后者为了炫耀美貌，有时甚至不好好表演。CD

光碟和某些电台把整部的交响乐和协奏曲切成零碎，而后那血淋淋的残肢片段被送到无法长时间集中精力的听众面前，以方便他们享用。受人敬爱的大师巴赫曾将毕生精力奉献给音乐，为了“上帝的荣光”而创作，如今他的音乐却被用在平庸的浮华场合，在人们猛灌鸡尾酒、逛超市甚至做些调皮的事情时充当背景音乐。

即使是我们在这本书出版前发行的《迷醉》系列CD也激起了一些不满的声音。如果人人都在买这套CD，那就有理由相信，我是用某种上不得台面的糟糕手段把如此美妙的音乐粗俗化了：用一个词来描述音乐，给它贴“标签”，简化了它，扔掉了音乐所蕴含的无法名状、无可描述的含义和复杂性。这套CD肆无忌惮地指挥听众以特定方式回应音乐，而如果你竟然轻信了我的话，那你本来就没资格听这种音乐。这样一来，你我就串通一气，造就了一场大型公开的集体愚行。

在这个时代，CD销量一落千丈。观念守旧的人对唱片公司的努力营销漠不关心，不断抱怨现在的人看外貌不看才华，为了方便和赚快钱，对价值不屑一顾。然而年轻人却很吃营销那套。而一旦看到有人抱怨现在的社会太偏爱年轻人那套时，我们就得当心了，这一般只意味着抱怨者自己老了而已。确实，现在有股风潮，喜欢让年轻的女小提琴家拍富有吸引力的 CD 封面照，不过她们也确实拉得一手好琴。亚莎·海菲兹[1]也拉得一手好琴，但如果他不像穿着抹胸裙的德国小提琴演奏家安妮－索菲·穆特那样光彩照人的话，从理论上说，在今天他就没什么机会出头了。

无可否认，确实有人想靠挑逗听众打开销量。陈美就穿湿 T 恤拍过封面，碟片也确实大卖了（我个人猜想她并没抢亚莎·海菲兹的销量）。琳达·布拉瓦拿着一把小提琴，一丝不挂地出现在《花花公子》杂志上，也引起了一些热度。男人也躲不过。公众都看得很清楚，男高音约纳斯·考夫曼比恩里科·卡鲁索[2]长得帅（我们也很清楚他歌唱得一流）。指挥家该有一头狂发，歌手需要一身的定制行头和形象改造，而光碟货架上则码满了诱人的表情——挑逗手法早已经占领古典乐神坛了。

古典乐的世界里，唯一的新鲜东西就是这股老古板潮流。如果说你要从本章内容学到什么的话，那必定是古典乐一直以来都和性有关。我不相信这个直白的真相会让你对古典乐的爱减退半分；说真的，你对它的理解只会因此变得更深刻。情欲对生活如此至关重要，若古典乐遗漏了这个主

① 亚莎·海菲兹（Jascha Heifetz，1901－1987），20 世纪杰出的美籍立陶宛小提琴家。

② 恩里科·卡鲁索（Enrico Caruso，1873－1921），世界著名男高音歌唱家。

题，那实在是不可思议、荒谬绝伦。然而，一股古典乐鉴赏风气却正打算把这个主题择出去。自贝多芬的时代以来，这股风气更是变本加厉。按这些人的说法，音乐灵感的来源应该是“神圣”的，是上天的赐福。在那个神圣的地方，情欲和原始人类本能是没有一席之地的；因此，伟大音乐也和它们毫无关系，而是一种“更高贵”的东西。

但音乐关心的是我们的光与影，是我们在俗世中的渴望和厌恶，这也包括我们下半身的欲望。正因如此，我们应该把这股老古板的风气抛到脑后。

坦白说，在这座老神坛上再画几个涂鸦，贴点黄色照片才好呢。如果事业线和舒伯特的大名有着一样的魅力，能吸引人把唱片从货架上拿下来的话，我觉得作曲家和他的作品有足够的肚量，允许事业线与自己平分秋色。这些和主题无关的照片确实到处泛滥，但它们也只是昙花一现。根据我在广播界的经验，这些古典音乐的新粉丝没那么笨，他们很快就能看出好才华和好胸脯的区别。说到这里，之前提到的那个写《乳房》的普朗克就写过一篇论文赞美迂腐。在他死后五十年的今天，我们都在迂腐的大海里漂游。真不知道他对现状会做何感想。

如果你怕这样在音符间寻找性爱主题显得太孩子气，太像偷窥狂的话，那你大可放心，这可是正经学术研究的主题。著名的乔治·格罗夫爵士[①]就在他的《音乐与音乐家词典》初版中说，“舒伯特之于贝多芬，就好比女人之于男人。”他这句模棱两可的话催生了各式各样的解读，今天的音乐学家也没有放过这个机会。他们把贝多芬交响曲结尾的“叭——嘣——嘣”比作是音乐中的传教士体位（听听《第九交响曲》的结尾，那是真真切切的“欢乐颂”啊）。格罗夫在舒伯特偏“阴柔”的曲风中所看出的女人气，如今让人解读成了舒伯特是同性恋的依据。可怜的舒伯特，就这么被自己写的曲子给出了柜。我对这些说法没什么执念；要是有什么出人意料的证据突然出现，证明他们都猜错了，那该多有意思：比方说，一张贝多芬穿长裙的版画？

① 乔治·格罗夫（George Grove，1820－1900），英国著名音乐史作家，他所著的《音乐与音乐家辞典》是音乐界重要的百科全书类巨著。

放纵与偏执

若过度沉迷，音乐就不能振奋，却反而萎靡了精神。

——柏拉图，《理想国》

不说床上那点事的话，我也不算是个坏人。

不过我对别的事情真的没什么兴趣。

——珀西·格兰杰[①]，一九五六年

我吸烟。我喝酒。我通宵不眠。我到处乱来。

我在任何事情上都过分投入。

——伦纳德·伯恩斯坦[②]，一九八六年

① 珀西·格兰杰（Percy Grainger，1882－1961），澳大利亚作曲家、钢琴家。

② 伦纳德·伯恩斯坦（Leonard Bernstein，1918－1990），美国指挥家、作曲家。

别以为我引用这些话是想说他们私德有亏。毕竟，如果不是自觉必须反复练习的话，没人能真的做好一件事。强迫心就是促成卓越的燃料。至于放纵？如果我们想知道在已知经验的小屋外到底有什么风景，有时候我们就得破壁而出。毕竟，大部分人都不愿意打开那扇门。

这些想法也没什么新奇的。在十九世纪初，口无遮拦的阿蒂尔·兰波[1]就警告过我们，做一个诗人意味着要知觉失常。对他来说，放纵就是信条，而节制意味着一无是处。它只会带来陈腐和平庸。给你提个醒，他不到二十岁就放弃了写诗，买了张票跑去非洲的荒郊野外，三十多岁就在那儿死了。心里有火焰是件好事，可也当心，别一个控制不住引火烧身。

① 阿蒂尔·兰波（Arthur Rimbaud，1854－1891），19 世纪法国著名诗人，早期象征主义诗歌的代表人物，超现实主义诗歌的鼻祖。

像世界各地大多数人一样，我也看了二〇〇〇年的悉尼奥运会开幕式。在开幕式上，只有大肆铺张才能配得上一个国家对运动的执着。作为古典音乐爱好者，看着火炬伴着柏辽兹的《感恩赞》，从凯茜·弗里曼身边的水中升起，我自然十分畅快。这也是柏辽兹作品中比较放纵的一首，而且因为机械装置卡住了，我们能比计划时间听得久一些。

火炬最后升向运动场顶部时，那背景音乐更让我激动：珀西·格兰杰的"幻想芭蕾"《武士》的末尾，一九一六年完成创作。这选曲真是绝了：一首描述"战舞的狂欢，游行与狂欢庆典"的曲子，作者身形十分健美，喜爱户外活动，毕生都在奔跑、露营、驾车。这首压轴曲就和那次盛事一样，刚健有力、毫无保留。我猜，若格兰杰有知，必定也会十分快活。他或许还会觉得这是给他好好出了口气。当年有人建议让格兰杰给一九五六年的墨尔本奥运会写开幕曲，却因为这主意太过荒谬被打了回来。我们最伟大的本地音乐家终于得到了迟到的承认，我实在高兴得不行。以至于几天后开幕式的原声集一上市，我就冲去买了一份。可惜，里面没有收录格兰杰的曲子。

自一九六一年他过世以来已有四十年，他的知名度却还是和当年差不多，这确实让人好奇。我们仍然不怎么能把珀西·格兰杰当回事。这有一部分是因为人们不太相信他这样的人真能存在；但话说回来，也只有在现实里才能找到一个性情如此古怪的人。没人能编造得出他这样的角色。他的过火行为实在太耸人听闻，因此极易被误读。在这本小书里，我把他归类到这个章节下，说不定也对他没有好处，但我也实在不知道除此之外该把他放到哪个主题下了。可能《情欲》那章还行吧（他自己也写过“我崇拜情欲”），但既然他把投身色欲、寻欢作乐看作是人生最大乐事，我也就把他放在这章里了。一九七六年他的传记得以出版，作者说他是个疯子。果真如此吗？我拿不定主意。但有一件事是确凿无疑的：他是个妈宝男。

反常童年的菜谱

（始于一八八二年的澳大利亚墨尔本）

材料：

一个梅毒缠身、滥交酗酒的父亲。

一个梅毒缠身（由丈夫传染），极度种族歧视，对他过度保护的母亲，偏爱用马鞭管教孩子。

没有兄弟姐妹。

做法：

• 尝试用典型维多利亚晚期利益联姻的手法把父母混合在一起。婚后几年育有一子后，双方终于发现两人根本凑不到一块去。

• 怀孕期间，在床尾放一个希腊神像，希望它的非凡能力可以像魔法一样传递到孩子身上。

• 孩子出生后，不让他接近同龄玩伴，逼他在孤独中练习钢琴。

• 加一小撮（三个月）的学校教育。

• 避免用手触碰孩子；实际上，孩子五岁前都不能与他有任何身体上的触碰。五岁后，频繁鞭打。

• 在混合物到达十二岁后，将他放在澳洲公立音乐学校的温暖环境中醒发成长。

• 一直让儿子和母亲待在一起，以培养反常的依赖性。确保儿子受到规律性的鞭打，持续到十六岁。

• 让母亲对儿子保有绝对权力，特别是否决权，能控制后者所有与女性的关系和潜在的恋爱。持续到儿子近四十岁。

总之，不需要为珀西提供什么别的，定期甩他几鞭子就够了。

读了前面的遭遇，格兰杰会长成一个古怪的人也就没什么出奇了。说他古怪，已经是为他说好话了。而且“古怪”这个形容词，也很契合他对民歌所做出的活泼又特异的改编。这些民歌是他与别人合作，于二十世纪前二十五年在英国与斯堪的纳维亚半岛收集而来的。我们得以知道《乡村花园》和《爱尔兰德里县小调》（《丹尼少年》一名更广为人知），都是拜格兰杰所赐。谁不想了解一个性情古怪地如此可爱的人呢？

- 格兰杰热爱乘火车旅游。在一次卷入车祸后，他就尽量避免坐汽车。他总是买二等座，在路上坐着睡觉。
- 长大以后，他在家喜欢窝在钢琴底下睡觉。
- 一九二四年后，他不再吃肉，但也不喜欢吃蔬菜。他最爱吃的是面包抹果酱，不涂黄油。
- 他不喜欢在自己用过氧化氢漂白过的头发上再戴一顶帽子。他看起来总是很不修边幅，有两次都被当作盲流抓了起来——其中一次，他抬着一盏金属灯横穿纽约中央车站。
- 他在纽约怀特普莱恩斯的一栋房子里住了四十年，期间只剪过一次屋前草坪。
- 他不带行李箱，只在夹克上绑根绳子，上面挂着钢笔、铅笔和其他小东西。

•有几次出远门，他喜欢徒步从一地行至另一地。一九〇四年在南非，他在彼得马里兹堡的音乐会结束后，整理好背包，徒步了五十四英里到德班赶下一场演出，在第二天傍晚六点到达。另一次从彼得马里兹堡到德班的徒步旅行中，他在路上认识了某个部落的祖鲁[①]武士，由他们护送到了目的地。

•一九三四年，在悉尼市政厅排练格里格的《钢琴协奏曲》。在某个管弦乐段的中间，格兰杰从舞台上跳了下来，顺着过道一路狂奔到市政厅的后门，又在他的华彩乐段开始前赶回了他的钢琴边。

•一九三二年，他在纽约大学教课，告诉学生说最伟大的三位作曲家是巴赫、戴留斯和艾灵顿公爵。

•他爱穿艳色毛巾料材质的衬衣。

•一九二八年，好莱坞露天剧场的一场音乐会演出后，在约两万名忍俊不禁的观众面前，他与妻子艾拉成婚。由一百二十六名乐师组成的管弦乐团演奏了他的作品《献给一位北欧公主》（艾拉是瑞典人），见证者之一是电影明星拉蒙·诺瓦罗。当时，新娘浑然不知格兰杰在蜜月期间可能会把鞭子给拿出来。

① 非洲东南部班图族的一支。

格兰杰对鞭打有强迫性的执着。他特别爱他的鞭子。鞭子是他最大的性享受，后来他还坦白说“除了性我几乎什么也不想”，这也就意味着鞭子常伴手边，不可或缺。如果身边没有女人心甘情愿被鞭打，格兰杰也很乐意鞭打自己。他以临床记录一般的精确度多次描述了自己鞭打自己的经历，在自己身上试验不同种类的鞭子，还对鞭痕拍照记录。旅行时，他另带一个袋子装鞭子，作为演出之余的娱乐。在二十世纪三十年代早期，他写了封自辩信，在他或妻子艾拉死于鞭打的情况下，才能让人拆阅。甩鞭的脆响十分古怪地穿插在《乡村花园》的郊区乐曲中。

格兰杰结婚很晚，两夫妻不太可能有孩子。这说不定也是好事，因为格兰杰还坦承幻想过鞭打自己的孩子；若有女儿，等她们一到青春期，他便会与她们乱伦。格兰杰是个坚定的非基督徒，声称自己对于后一种情况怀着“敬畏”之心。这至少意味着他还能分辨得出正邪。在信件中，他不断在自我谴责和自认清白中摇摆：“我为了我的情欲而活，就算被它要了命也不在意。”自从少年时期起，他就是这么想的。即使到了中年，他也觉得自己是个“顽皮”的孩子，“看上去就是想受罚的”。这听起来简直就是他妈妈会说的那种话。

罗斯·格兰杰生珀西的时候，二十一岁生日才没过几天。她年岁渐大，却还是娃娃脸。别人老觉得她和儿子是姐弟，甚至是夫妻。自然，没哪对夫妻的关系能比他们更亲近了；在一八九五年离开墨尔本后，从德国到伦敦再到美国，两人简直是形影不离。(珀西最后拿了美国公民身份。)

罗斯陪儿子巡回演出，充当钢琴师。她在儿子生活中至关重要、影响力极大，使所有未来的准儿媳都意识到这个丈夫必然要买一送一，最后都因此退缩了。她们根本争不过她；珀西认为他与母亲的关系是他一生中“唯一一段真正充满激情的爱”。他们来往信件中的语气非常亲密，以至于很容易被误以为这是情人间的信。

因此，一战结束后关于他们母子的流言四起，其中包括乱伦，也就不难理解了。这都是不实的指控，但他的母亲是真的落入了深渊。在梅毒的侵蚀和几次精神失常的影响下，她的精神状态已经十分脆弱。一九二二年，她从纽约一座办公楼的十八楼跳下，自杀了。

格兰杰的童年导致他形成了颇为扭曲的性格，同时也造就了二十世纪最富原创性的音乐天才之一。他极为敏锐地感知到自己的“澳大利亚特性”，它也为他提供了力量源泉，使他走出当时欧洲艺术音乐的温室，探索室外的新鲜空气。他像采野花一样收集英国、斯堪的纳维亚与新西兰各处的民歌，以无数方式为其编曲。多数曲目配器富有弹性，可以在不同情况下使用不同的乐器配置进行演奏。他实验性地使用复杂节奏，允许乐团中的乐手偏离基础节奏演奏。他为口哨、风琴、尤克里里、玻璃碗琴和带音调的打击乐器组作曲，其中某些乐器是他的个人发明。他试图发明一种电子的“自由音乐”，可以朝任何方向发散，就像他儿时乘船旅游时，船边不断发散的迷人水波。

格兰杰写道，他这辈子是“在身边的世界正因好品位而死时，我不断向四周胡乱踢蹬”。他的偏执确有意义。我们需要像格兰杰这样的挑战者和远足者。我们对“好品位”的认识时时把我们引入死路，它确实需要被好好鞭打一番。

我真心希望在读完这本书以后，你会有更多胆量继续聆听古典音乐，但别自欺欺人，以为这样就意味着你有了“好品位”。你开始探索新的音乐王国，这很值得你高兴，但这和“好品位”不同，比“好品位”更值得赞赏。所谓的“好品位”和一切有可能的狂欢体验相比，不过是苍白的序曲。毋庸置疑，好的音乐能将你引向独属于你的特殊领域，但在这领域之中，你必须得保持开放的心态。

格兰杰从不愿人把他音乐中的能量误读为欢乐。其实，他说过他创作的目的不是为了娱乐，而是为了“使人痛苦”。

珀西将偏执变成了他毕生作品的核心与源泉。他使我们记起，好音乐所说的时常是坏事。

一九二五年，格兰杰给出了他心中实现健康与天才的理想做法："放弃一切宏大希望，一切厌恶，一切不耐烦。每天走两到四个小时，绝不抽烟，绝不喝茶、咖啡或酒。九点半或十点一定要上床睡觉。"

可以说伦纳德·伯恩斯坦从没遵守过格兰杰的建议。他曾是美国音乐界最耀眼的新星——一九四三年，二十五岁首次站在指挥台上演出，就是与纽约爱乐乐团合作；他同时是天才钢琴家，作曲范围从交响曲涵盖到音乐剧；他更是跨时代的音乐教育家，通过电视特辑与音乐会教导大众——伯恩斯坦最初的放纵全是因为精力充沛。刚开始在指挥圈里，他只是在一众德高望重长辈中的一个风度翩翩的毛头小子。指挥大师在乐团中本应该是部落长老一样的领袖。即使是现在，没有斑白两鬓的指挥家还是会让我们心里有些犯嘀咕。他把指挥家变成了动作明星，像舞剑一样挥动指挥棒，在指挥戏剧性的重拍时猛地跳到半空中。

在二十世纪四十到五十年代，伯恩斯坦是纽约的超级巨星。他英俊潇洒、聪慧迷人，是演出后的庆功派对上光彩照人的主角。在苏格兰威士忌、烟卷与其他年轻尤物的陪伴下，他坐在钢琴边掌控全场。人们爱慕他，他也尽己所能地回报他们。在伯恩斯坦还是少年时，他就宣称自己这辈子将要“体验一切”。

体验一切对于一个拥有一切，尤其是拥有才能的人来说，是一把双刃剑。他肯定会有一定成就，足以让他相信自己走的路是对的。然而，伯恩斯坦从不真心相信这一点：即使在某个领域有了杰出表现，他也会开始后悔自己把另一个领域扔在了一边。创作型指挥家和演绎型指挥家这两条路，对他而言都同样充满诱惑。在指挥纽约爱乐乐团十一个乐季以后，他辞去了乐团指挥的职务，走下指挥台，专心写作。然而，公众的爱戴终于还是无可避免地将他又拉回了指挥台上。

同样，他也在对同性和异性的爱之间摇摆不定。在一九五一年，他与费利西亚·蒙提莱格勒·科恩喜结连理，让人大跌眼镜——四年前，他们取消了与彼此的婚约。一九七六年，伯恩斯坦抛弃妻子，投入另一个男人的怀抱，说要“过我真正想过的人生”。一年后他与妻子重归于好，却已为时太晚：费利西亚罹患癌症，已时日无多。

一九七八年，费利西亚过世后，伯恩斯坦饱尝负罪感的折磨。他认为自己对妻子的重病负有责任，还想起离婚时她预言他将“孤独终老、晚景凄凉”。在伯恩斯坦生命的最后十二年，他的生活无疑越来越像土耳其的大官一样奢靡逸乐，时常炫示自己的放纵无度。一九八五年，伯恩斯坦说："爱的意愿每天都引领着我的生活，一向如此。它也总是将我的生活搞得一团混乱，直至今天仍然如是。"

伯恩斯坦所说的"爱"对他这样的聪慧过人者而言，显然是一个可以变换不同意义的概念 。无论它究竟采取了何种形式，无论是在白日还是黑夜，伯恩斯坦显然都需要大量的爱。这位曾经年轻英俊，如今广受尊敬（但肆无忌惮）的老人是永远无法满足的。

无论如何，在一九五七年，他还是写出了天才之作《西区故事》。

一九七四年，我曾亲眼见过伯恩斯坦。那是他与纽约爱乐乐团唯一一次访问澳大利亚。他公演的消息一放出来，门票就被一抢而空。等到我想买时，票已经被抢得精光了。我想贿赂朋友让他们把票让给我，还愿意出天价买下他们的门票，可都空手而归。我可能就要这么永远错过伯恩斯坦了。

结果事实证明，初生牛犊不怕虎的十七岁少年拥有强大的力量。我想，如果我不能亲眼看到大师的表演，至少我要把这个令人悲痛的消息当面告诉他。

我致电他所在的悉尼歌剧院，捏着嗓子告诉后台我是帮广播公司的大人物来跑腿的，要送一些重要文件给伯恩斯坦签署。然后，我捏着一封自己打印的信，在音乐会结束后赶到了现场。不知怎的，我说服了歌剧院保安和伯恩斯坦的跟班，让他们相信我真是广播公司派来的人，他们趁着一大波粉丝赶到前，把我放进了伯恩斯坦的休息室。

伯恩斯坦刚洗完澡，穿着便袍，像个烟不离手的宫女一样懒懒地斜躺着。我紧张地把信递了过去，伯恩斯坦比跟班们精明得多，回答“你读出来”。那是封十分可笑的信，内容大致是“我没买着票，但我太爱你的作品了”这样的告白。伯恩斯坦听着我读，这封信实在不配他这样全神贯注。在我读完后，他从沙发上跳了起来。我吃惊地发现他比我要矮，即使在刚才他躺着的时候，这房间看起来也好像装不下他一样，更何况，我自己个头也不高。

短暂聊了一阵以后，他说今天是他五十六岁生日，等会儿就要开生日会。之后休息室的门猛地打开，正式被邀请的宾客跟着一小推车的起泡酒和蛋糕走了进来，其中还包括当时的澳大利亚总理高夫·惠特兰和他的妻子。伯恩斯坦把我介绍给惠特兰太太，说我是他“刚刚认识的老朋友”。我记得我还和伯恩斯坦十九岁的儿子亚历山大聊了好一会儿天。

夜渐渐深了，我觉得应该给妈妈打个电话，告诉她我肯定得晚回家。

“你在哪儿呢？”她问。

“我在伦纳德·伯恩斯坦的休息室里。”我说，“他今天生日。”

“噢，那等他吹了生日蜡烛，你就得回来。”她说。

以下是一些比较普通的放纵事例：

丑闻与道听途说

尼科罗·帕格尼尼作为一个小提琴家，才能极为杰出，面容极为枯槁，因此人们说是恶魔助他挥舞琴弓。帕格尼尼靠这些流言捞了一大笔钱，在女人和赌博上挥霍无度。一八二三年，他被掏空了的身子终于支撑不住，医生诊断梅毒是罪魁祸首，给他开了大量的水银和鸦片烟。水银毒害了他的身体，使牙齿严重松动，必须用棉线绑着以固定牙齿才能进食。他的下槽牙最终全被拔掉了（没有麻醉剂辅助，拔牙的全程帕格尼尼都必须被人按着），这位小提琴家只能用绷带支撑他惨不忍睹的下巴。他公开蔑视传统道德，坊间关于恶魔的流言传扬甚广，因此受到冒犯的教会高层在这位音乐大师死后，拒绝让他葬入神圣的教堂墓地。经过防腐处理后，他的尸体穿上登台表演的装束入了棺，棺材盖有一部分是玻璃的，正好位于他脸部上方。其后，有人向帕格尼尼的儿子出价三万法郎，希望他在英国展出他父亲的遗体。

饮酒

不知怎的，肝硬化可能是职业病，这有可能导致了贝多芬的过世，法国作曲家埃里克·萨蒂也一样。柴可夫斯基承认伏特加带来了不少问题；显然，对其他俄国作曲家来说，伏特加也十分不祥。莫杰斯特·穆索尔斯基是个糟糕的年轻酒鬼，但他有可能是十九世纪最具创造性的作曲家，作品包括歌剧《鲍里斯·戈东诺夫》，魔性的管弦乐曲《荒山之夜》（后来成了迪士尼经典电影《幻想曲》最精彩的表演片段之一）和钢琴组曲《展览会之画》，由拉威尔改编的此曲的管弦乐版本也成了管弦乐会必备曲目之一。由于长期酗酒，他在四十二岁辞世时，留下了许多未完成的作品——这是他个人的悲剧，更是音乐界的悲剧。

爱尔兰生人约翰·菲尔德是伟大的钢琴艺术大师，同时也是一位极富影响力的作曲家。他弹奏着自己谱写的夜曲，使欧洲大陆上许多沙龙集会上的人们为他倾倒，同时也为年轻的弗雷德里克·肖邦带来了许多灵感。菲尔德长期在俄罗斯生活，最终死于过度饮酒：四十多岁时，他基本上完全放弃了作曲，还在某些小圈子里留下了“酒鬼约翰”的名声。他公开称自己与学生之一结婚的原因是她从没付过学费。

据说英国作曲家亨利·普赛尔死于妻子的怒火。他成天泡在伦敦当地的小酒馆，这令她十分气愤，因而把他锁在了家门外。他淋雨过了一夜，并患上了致命疾病。

女人和香烟

这是普契尼的两个最爱。在《愤怒》一章中你就会发现，他在情爱方面的投入最后收益十分惨淡。香烟对他的回报也差不多；一九二四年，作曲家被诊断出无法通过手术治疗的喉癌，并在接受放疗时去世，留下了未完成的作品，歌剧《图兰朵》。

一生中，普契尼的名气与俊美为他带来了许多诱惑。一次在维也纳的华美酒店下榻时，他正抽烟休息，却被闯入套房的裸女打断了。普契尼觉得她是疯子，想叫来酒店工作人员帮忙。但走近些仔细一看，他决定采取更理智的做法：任这疯子为所欲为。

爱尔兰作曲家文森特·华莱士放纵自己，（违法）娶了好几个老婆，并同时和一位爱尔兰人与一位美国人结了婚。这可能是因为他总是坐不住，要四处旅游，同时还像瓦格纳一样背了一身天大的债务，两样加在一起把他脑子搞糊涂了。华莱士四处周游，在澳大利亚度过整个十九世纪三十年代。他是杰出的钢琴家和小提琴家（人称“澳大利亚帕格尼尼”），在悉尼建立了一所音乐学院，还在霍巴特的布什旅馆住过一段时间。据说他在那里创作了歌剧《玛丽塔纳》的大部分手稿，此剧在一八四五年于伦敦首演，红极一时。

再来点鞭打

我们先前简短提过贵族作曲家杰苏阿尔多对暴力的偏好。仗着家财雄厚，他雇了十个年轻男人，每人负责每天鞭打他三次。据说在受鞭时，他“时常露出愉悦的微笑”。

对猫咪的痛恨以及面部毛发

得知约翰内斯·勃拉姆斯并非一个虐待动物的人，长达一个世纪的冤屈被洗刷了，这实在让我松了口气。嚼舌根的人四处传谣，说勃拉姆斯在维也纳的公寓时，会从窗口用箭刺猫，像串鱼一样把它串起来，把它们的哀嚎声编成室内乐曲。根据时下的说法，这都是过分爱狗的瓦格纳所放出来搅浑水的假消息。另一方面，对勃拉姆斯这样愿意花费生命中最后二十年打理那把大胡子的人，我们也不由得肃然起敬。勃拉姆斯觉得那把胡子对他的形象有益。后来他的胡子长得几乎完全盖住了脸、脖子和上身。如果这正是他的目的，那未必有些可惜。从他早年的肖像和照片来看，勃拉姆斯面容颇为英俊。有这么一把大胡子，勃拉姆斯喝完汤以后可得好好洗洗。那真是一团大家伙，在里面走丢一只猫也不稀奇。

秘仪、狂欢及疯狂派对

菲利普·赫塞尔生于英国，对黑魔法很是着迷。从他的音乐剧笔名“彼得·沃洛克[①]”上也能看得出来。他在音乐方面完全自学成才，作品范围从沉郁而美丽的联篇歌曲《麻鹬》到弦乐作品《卡普里奥组曲》都有涉及。他也创作了一

①Peter Warlock，其中 Warlock 意为男巫、术士。

系列的钢琴曲《四股囊》。沃洛克最后在阴沉的伦敦初冬吸毒气自杀了。

自我毁灭性的放纵说到这里也就够了。现在来说说纯洁些的：

• 谢尔盖·普罗科菲耶夫[①]曾因将同一首钢琴曲重复弹了二百一十八次而被赶出公寓。这个次数是楼下租客数的。

• 安东·布鲁克纳是一位虔诚且不谙世故的澳大利亚风琴家及作曲家。他患有数字狂热症，强迫他把每种东西的数量都数一遍：教堂山形墙、星星、树叶——甚至包括他长长的交响曲谱里有多少条杠。某些表现不如布鲁克纳杰出的弦乐演奏家也患有同样的病症：这有助于消磨时间。

• 埃里克·萨蒂在一八八八年创作了钢琴曲《裸男舞曲》，即使放到今天来听，这首曲子也毫不落伍。他目中无人的反常作风使他在大半的职业生涯中都沦为公开的笑柄。他的芭蕾舞曲《松弛》难以吸引听众，可能因为曲子的标题在法语里的意思是“本节目已取消”。萨蒂着实是给极短钢琴曲起耸动标题的大师：《梨形曲三段》《脱水后的胎儿》《官僚小奏鸣曲》等等。他所发明的所谓“家具音乐”是时下餐馆背景乐

---

① 谢尔盖·普罗科菲耶夫（Sergie Prokofiev, 1891 – 1953），苏联著名作曲家、钢琴家。

的先驱，但我们不会因此而责怪他的。他大半辈子都生活在单调无趣的巴黎郊区，近三十年都租着同一间房间。他不让任何人进这间房间，连门房也不例外。他大量酗酒，这是之前在蒙马特穿梭来往于各夜总会所留下来的习惯。但他生活得很简朴，只在几件事上纵容了自己：七套一模一样的天鹅绒西服，这就是他的所有衣服了；同时还收集了一堆雨伞。

• 焦阿基诺·罗西尼要么就不知疲倦地工作，要么就几乎连床也不起。有时候他能把两者结合起来。传说他有一次在赖床的时候一页接着一页地写曲子。有一页滑到了地板上，他不肯从被窝里起来，宁愿写了首新歌。

如此惊人的创作速度和能力可不仅仅是音乐界的都市传说。他的喜歌剧《塞维利亚的理发师》是两周内写就的（虽然作品里循环利用了某些旋律）。这也说明最强大的创作激励就是“等到公演前夜再写”。即使是这么紧的截稿日，对罗西尼而言有时候也嫌太宽松了。歌剧《鹊贼》的序曲是在公演当日写就的，当日罗西尼被舞台管理人员锁在剧院一个房间里，他新写一页乐谱就往窗外一扔，工作人员赶着去捡。

这样在短时间内如奴隶一般的高强度工作，给罗西尼带来了丰厚的回报。二十岁出头时，他就已闻名世界，收入也极为可观。在本书提到的所有音乐家中，他很可能是最富有的一个。他在欧洲各处都留有房产，年老后时常开办知名沙龙活动。到三十七岁决定退休时，他已经衣食无忧。对他这样的老饕来说，这可再好不过。他甚至把创造力也用在了美食方面，发明了名菜“罗西尼牛排”。

一个人如果像罗西尼这样，可以创作出活泼诙谐、直至今日仍受全世界喜爱的音乐（罗西尼序曲的唱片永远都会为你的收藏增光添彩），频频妙语连珠，还成了欧洲音乐史最著名的大师之一，年纪轻轻就退休，过上富有的生活——这一般意味着他此生心满意足，毫无烦恼。但事实并非如此。罗西尼饱受严重抑郁的折磨，在今天看来，笔者认为他可能患有躁郁症。强烈的情绪变化、金钱、天才、名声，这都使他创下了杰出成就，但也超过了一个人所能承受的极限。

罗西尼的下半辈子（他的“退休生活”）比上半辈子要长。他作为活生生的传奇，咬牙坚持，活到了近八十岁。

大歌剧

摩托车手们对在澳大利亚路边出没的大型摩托车队惊叹不已，可惜他们晚生了三百五十年，错过了安东尼奥·切斯蒂歌剧《金苹果》的大场面。切斯蒂曾过着神圣的生活，后来却投入了世俗的怀抱。他原在家乡意大利担任方济各教会的修士兼歌剧男高音，后来他迅速发展的舞台事业和与女高音宽衣解带的喜好导致了上司的严厉斥责，痛批他的生活“毫无名誉、毫无规矩”，使他不得不离开修道院。我们不知道他长相如何，但他的性格显然让音乐界的对手们大为光火，以至于人们认为，他之所以如此短命是被人下毒杀害。在十七世纪做作曲家确实十分危险。

我希望切斯蒂不是吃了坏水果而死。若真如此，一六六八年他的《金苹果》在威尼斯皇室宫廷的巨大成功就太过讽刺了。在同时代，这部歌剧的花费远远超过同期其他作品，它需要二十四套完整场景，包括从阴间到神界的一切。其中包含森林、飞龙、海啸、演员从云间而降。这一切场景都放在一间专为此剧建造的剧院中，这座巴洛克风格的剧院就像瓦格纳的拜罗伊特和拉斯维加斯合而为一的结果。为创作这部史诗级作品热身，切斯蒂在前一年写了一首马术芭蕾曲。

但说到“大歌剧”，人们最喜欢的还是威尔第的《阿依达》。这部作品一八七一年在开罗歌剧院首演，背景也十分配合地设在古埃及。这富有异国风情的设置为富有野心的制作人提供了机会，得以在舞台装饰上大花心思，对十分适合这部歌剧的露天场地而言更是如此。这可以满足你的所有渴望：实打实的金字塔，再来个一两座狮身人面像，一个歌声高亢入云的埃及合唱团，一支马和大象组成的车队。动物们在舞台上乱叫仿佛对表演品头论足，留下一地狼藉的车辙，也留下了不少戏剧性传说。据说诺埃尔·考沃德[1]看了一场表演，舞台上的大象胡乱大小便，领衔女高音更是歌声平平。后来他说，只要把歌手的脑袋塞进那动物的屁股里，这场表演的问题就都解决了。

法国人把这种题材的歌剧叫作大歌剧，整整大半个十九世纪，他们都为它的宏大规模所着迷。贾科莫·梅耶贝尔[2]就是当时的堆砌之王，也就是十九世纪版本的英国作曲家安德鲁·劳埃德·韦伯。他巨大非常的歌剧场景甚至成了旅游景点。观众极爱看拥挤场景中的动作戏（越暴力越好）和特效。说实在的，我们现在也没什么两样。梅耶贝尔的歌剧里总有一群群的士兵、佃农和僧侣。士兵想把佃农杀了，僧侣则在一边试着冥想，结果丢了脑袋。伴着定音鼓的轰鸣和高亢的铜管乐，鲜血洒满了舞台，一滴也没落到管弦乐队头上。胡格诺派教徒们在一八三六年的同名歌剧[3]中被十六世纪巴黎的新教徒大量屠杀；在一八三一年的《恶魔罗勃》一剧中，罪孽深重的修女于酒神节起死回生；在一八六五年的《非洲

①诺埃尔·考沃德（Noel Coward，1899－1973），英国演员，剧作家，流行音乐作曲家。

② 贾科莫·梅耶贝尔（Giacomo Meyerbeer，1791－1864），德国作曲家，19世纪法国式大歌剧的创建人和主要代表人物。

③ 指德国作曲家贾科莫·梅耶贝尔和剧作家欧仁·斯克里布联手打造的歌剧《胡格诺教徒》，《恶魔罗勃》也是梅耶贝尔的作品。

女》一剧中，瓦斯科·达·伽马[1]的队伍因海上暴风雨而全数死在船上。即使这么过火的剧情也还嫌不够：在一八四九年的歌剧《先知》中，全体角色都在剧终死于大爆炸。面对这么个结局，换作是我，我还是去找个好点的先知吧。

当然，和理查德·瓦格纳和他的《尼伯龙根的指环》（下文简称《指环》）相比，这些爆炸简直是烟花表演里的二踢脚。他一旦要写，写出来的都是毫无保留的世界末日（见《胜利》一章）。

音符过多

没什么作曲家能比格奥尔格·菲利普·泰勒曼更高产。对任何乐器、任何题材、任何已知的欧洲民族风格，他都写了上千首作品。他几乎是完全自学的音乐，这一切成就都是他从无到有一点点积累，自己争取而来的。

泰勒曼的第一任妻子是宫廷侍女，在婚后十五个月便死于生产。他的第二任妻子是法兰克福郊区委员会执事。她的身体结实得多，她生了八个儿子和两个女儿。看起来，和丈

① 瓦斯科·达·伽马（Vasco · da · Gama，约 1469 – 1524），葡萄牙探险家，第一个从欧洲航海到印度的人。

夫的惊人精力相比，她也确实不遑多让。泰勒曼在传宗接代之余写了数不胜数的作品，其中有一千四百首大合唱、一百二十五首左右的协奏曲；泰勒曼夫人则勾搭上了瑞典军官，最后和情夫私奔去了汉堡，给丈夫留下了高筑的赌债。这丑闻被全城热议，还有人就此排了一出讽刺剧，结果被官方禁止上演。可怜的泰勒曼戴了绿帽，还从中得了些黑色幽默，在写信给朋友寻求钱财援助时，一开头便是“如今我家过日子比以前可容易多了。我老婆一跑，也就没了乱花钱的人”。

说到音符过多，最著名的莫过于莫扎特了。这必定是真事，毕竟连电影《莫扎特传》也提到了这一点。在一七八一年某次排练新歌剧《后宫诱逃》后，奥地利皇帝约瑟夫二世拦下了他，说剧中“音符太多”。这位自信的二十五岁年轻人则答道，剧里没有一个音符是多余。

过剩与否，就看听众本人怎么想了。

结语

说到底，谁真有资格决定“过剩”的标准呢？你也可以偏执于作曲家人格上的这些缺陷和扭曲，我也意识到这章有点长得过分了。可这些生活细节真的和音乐本身无关吗？

在我看来，这些缺陷只是愈发凸显了这些音乐所代表的奇迹。音乐必须摔摔打打，才得以去面对残酷的外部世界。人会创作，最终还是因为他们实在压抑不住自己。然而作为具有非凡想象力而又充满矛盾的造物，音乐家们的个人瑕疵有时候反而是创作的最大障碍。而伟大的作品总能克服一切；想想那些因为创作者总想着明天再开始工作，以至于我们永远也不会听见的作品。或许在另一个维度里，满满堆着的都是被拖延掉的奏鸣曲。

莫扎特喜欢通宵狂欢，爱打弹球，还因为与人合不来失去了好几次职业发展机会。但你不能说他是个懒鬼。正是作曲家们的放纵与偏执让他们留下了作品，更让他们今日依旧持续创作。即使本章记叙了一些他们对别人造成的伤害，但总的来说，我们依然从中受益。

在爱这微妙的事物中，痴迷培养出期待。想象期待被满足，会为我们带来阵阵征服感、胜利感，并让我们在这段关系中走得更深。

胜利

一旦完成，它就会是最伟大的诗歌。

——瓦格纳谈《指环》

这是人生中最强烈、最小气的满足感：被证明是对的。

查理·卓别林的自传里有一个故事，说的是他早年与古典音乐一次戏剧性的相遇。一九一三年，他还是个名不见经传的舞台谐星，正跟着一个英国歌舞杂耍团在美国巡演。二十四岁的卓别林在痛苦的跨省表演期间请了几天假，独自去了纽约。他在旅行期间小奢侈了一把，住了间好酒店，享受了半瓶香槟，还第一次去看了歌剧。那是瓦格纳一八四五年所作的《唐怀瑟》，在大都会歌剧院上演。卓别林不懂德语，也不了解剧情，然而，当第三幕的朝圣者合唱响起时，这位未来的“小流浪汉”竟无法自持地啜泣起来。“我不知道坐我身边的人会怎么想，”他写道，“那音乐仿佛总结了我人生中一切的艰难困苦。”此时的卓别林离成为世界闻名的电影谐星，还差短短几个月。

无论卓别林是否找到了一个同道者，多年以后，在第二次世界大战初期，在他大胆嘲弄希特勒的电影《大独裁者》中，他还会再次转向瓦格纳。他可能知道希特勒对瓦格纳的狂热。对喜剧而言，这是个令人寒毛倒竖的独特场景：独裁者梦想着自己的全面统治，和地球仪跳起了气球舞，所伴的音乐正是瓦格纳《罗恩格林》第一幕缥渺的序曲。这三个控制狂凑到一起，真是不同寻常——演员、精神错乱的独裁者和作曲家。三人都想创造一个完整、细致的世界，依照它自己的规律运行，同时坚持我们都得按他们想的来做。卓别林想要的是过去的世界，而瓦格纳与希特勒将自己看作未来的使者。

有两个颇好的缘由让我不在此书中涉及瓦格纳。较显见的一个是他不需要这点曝光；介绍和讨论瓦格纳的文字量已经超过了任何一个音乐史上的人物。他所承受的怒气、夸大、模仿和分析也胜过了任何音乐人。

第二个缘由则是因为，这本小书想把史上最伟大的一些作曲家的精神情绪状态，与我们的日常经验联系起来，这样我们便可以他们为镜，从中获益或吸取教训。换句话说，作曲家和我们没什么两样。

然而说到瓦格纳，情况则并非如此。他绝不正常，在所有作曲家中，他是最能让听众感到自己之渺小的。从生活、行为到成就，他的一切都和日常平庸毫无关系。他的魅力极强，能轻而易举地引诱女人离开丈夫而投向他的怀抱。他脾气火爆，极易受挑衅。他的狗死了，他的悲痛强烈得令人动弹不得（这可能是他最有人味的部分了）。他对自己的信仰令他战胜了书中提到过的所有不幸：贫困、冷漠、敌意、流放与诡计。若换做任何一个凡人，都会在这样的际遇中消沉，瓦格纳却依然对自己与自己的作品充满信心，坚信自己是世界上最伟大的音乐家而不断坚持下去。他的岳父（也是他最大的粉丝）弗朗茨·李斯特说："如果名声也能算肉食的话，那瓦格纳吃斋吃了三十年。"在瓦格纳年逾六十时，这斋戒总算破了。事实证明瓦格纳是对的。他大获成功。

当我们的自信不断受到挫折的冲击时，要坚持自我，不偏离长期目标，就需要坚韧的精神。但瓦格纳对自己信心如此坚定，几乎可以算入自大狂之列。他得以幸免此列，全是因为他确实坚持到底，实现了自己的目标。他的《指环》从概念阶段，到根据作曲家的要求为此剧专门兴建剧院，并在剧院中首演，足足花了二十八年（一八四八至一八七六）。在这期间，瓦格纳凭借他的《特里斯坦与伊索尔德》为西方音乐带来了变革。本章章首所引用的他的那句话，在当时看来或许有些异想天开，却实实在在预言了未来。《指环》是所有成文诗作中最有影响力的作品之一。但得是怎么样的人，才会这样自卖自夸？

那自然不是一个平易近人的人。他从不满足于区区的“平易近人”。这是平庸者的特质。“我生来和其他人就是不一样的。”他坚持，“我所需要的，正是世界欠我的。”最后，世界给了他一切，可这是在他坚持一生后才得到的回报。从没人像他一样，如此自信地要求施舍。想象一下，如果突然不知从哪儿来了封信，写信的人和你只有一面之缘，却提出如此要求：“给我几个钱零花行吗？我在写世上最伟大的诗作。这几个月你家能空出张床来吗？我是个令人无法拒绝的客人。恭喜你——这可不是谁都能享受的荣耀。”简单说，这就是经典的瓦格纳式高谈阔论。你可得小心答应。有些人确实答应了他，结果后悔莫及。

瓦格纳一八一三年生于德国莱比锡。六个月后，他父亲过世。他的母亲和一个当地演员交往甚密，丧夫仅九个月便与他结了婚。很多人猜想这位名为路德维希·吉雅尔的演员其实是瓦格纳的生身父亲。

如果你青春期的孩子突然宣布他找到了毕生抱负，而他又对其毫无所知时，别嘲笑他。小理查德（他个子小）在十五岁决定要当个作曲家。他听了贝多芬的第九交响曲后如遭雷击，受了启示，自此便像子弹出膛一般一发不可收拾。但瓦格纳在学校毫无建树，也没有受过任何音乐训练；他这个抱负，就和徒步走到月亮般遥不可及。即使满心殉道式的热情，他初期学习音乐的进展往好了说，也只是不起眼。他只能稍微弹弹钢琴，其他乐器一窍不通，阅读水平也一般。然而不知为何，这一切都无关紧要。瓦格纳学了他需要的基础知识以后，就放手任由直觉来打磨其他能力。还只有十五岁时，他就以莎士比亚为模板写了一部戏剧，题为《劳伊巴德和阿德丽特》。此剧实在死了太多主要角色，以至于到最后一幕必须让某些人的鬼魂重新上台来说最后的台词。后来瓦格纳长大成人，在这方面也丝毫不知收敛。

瓦格纳上了大学，终日酗酒赌博，最后提前退学。与此同时，他写了一部歌剧，结果让听众都笑得歇斯底里。一八三四年，他在德国小镇马格德堡谋了一份音乐指导的职位，从此陷入债台高筑和离城逃债的循环。终其一生，瓦格纳在钱财上都是今朝有酒今朝醉。他写道："我不能靠这么丁点钱活着！"别人看见了可能会说："他以为他是谁，天才吗？"好吧——他是。

后来他与女演员米娜·普拉纳坠入爱河，两人于一八三六年成婚。她已育有儿女，是她十五岁时引诱她的军官留下的种。婚后六个月，她便与某商人私奔了。这对新人终究还是破镜重圆，可是米娜不得不承受瓦格纳的妒火，即使他自己后来也出了轨也还是一样。几次破产逃债后，这对夫妻终于在一八三九年溜去了巴黎，过了两年半的穷日子。为了挣口饭钱，瓦格纳沦落到为垃圾一样的音乐作品作钢琴编曲；他甚至还在债主的牢里做了一段工。

瓦格纳时运不济，却没有崩溃。在巴黎，他完成了《漂泊的荷兰人》，这是一个航海题材的鬼故事，讲述爱情的救赎——这是瓦格纳最爱的主题。歌剧序曲很好地体现了他音乐中的力量感是如何节节积累和发展的。乐曲描述海上的风暴，狂风在缆索间呼啸，巨浪锤击着船体。它不仅仅是对情景的描述，还蕴含某种根本性的特质。这不是对自然的表现，这音乐本身就是自然的力量（同为作曲家的夏尔·古诺说它是“台风”）。它充满了绝不言败的气魄，这一点体现在他在其后创造的所有作品中。

仅仅从音效上说，听瓦格纳的音乐就像是去了场摇滚音乐会。“听”显得太被动了。听瓦格纳的音乐，你必须献出自己。这和魅力无关。观众得拿定主意，是不是愿意被这音乐左右开弓地扇耳光，直到最后享受其中？很多人不好这口。一八四〇年至今，要是把所有媒体上对瓦格纳的尖刻抨击都摘下来集成册子，能编好几本有趣的书。这也会让你疑惑，现在还有人能他像这样，顶住如此不间断的痛批吗？

瓦格纳：批评家轰动了！

（这曲子的）灵感来自于黑夜中在铁匠铺旁吓得到处乱跑的骚乱野猫。

——大仲马

（这音乐仿佛）一幅意大利画作，画中烈士的肠子被满满地扯出肚子，缠在卷轴上。

——爱德华·汉斯力克[①]

非常多姿多彩的呻吟声。

——埃克托尔·柏辽兹

（仿佛）饱受恶心的饱嗝折磨的怪物在不停地沉思。

——路德维希·斯派德尔[②]

（这是首）做作、萎靡、没有灵魂、没有开端、没有结尾、没有顶峰、没有基底，乱七八糟、三角铁胡乱

① 爱德华·汉斯力克（Eduard Hanslick，1825－1904），奥地利美学家、音乐评论家。

② 路德维希·斯派德尔（Ludwig Speidel，1830－1906），德国作家，引领了十九世纪下半叶维也纳的音乐、戏剧和文学批评风潮。

敲敲伴奏的打油诗。

——约翰·拉斯金[①]

瓦格纳的音乐是病态的。

——弗里德里希·尼采

其他的批评还有很多。

小心那个问你要钱的时髦男人

幸好，瓦格纳也有支持者，有时他们回应瓦格纳的求助，手笔大得让人瞠目结舌。某几次资助的后果告诉我们，对天才伸出援手是有危险的。以下三个事例告诉我们瓦格纳对恩人究竟会如何回报：

十九世纪中期音乐界的大佬弗朗茨·李斯特在报纸上对瓦格纳大加赞赏，还为他友情表演，在一八五〇年指挥了《罗恩格林》的首演。

瓦格纳只比李斯特年轻两岁，作为对李斯特支持的报

---

① 约翰·拉斯金（John Ruskin，1819－1900），英国维多利亚时代主要的艺术评论家之一。

答，瓦格纳成了他的女婿。他和已为人妇的李斯特的女儿柯西玛生了三个孩子以后才和她结婚。

富商奥托·韦森多克在十九世纪五十年代借了瓦格纳一笔钱，还让他以极低价租住自己在瑞士的一处房产。

瓦格纳和韦森多克的妻子马蒂尔德堕入一场热情如火的婚外情（可能没有肉体关系）。瓦格纳的妻子在一八五八年截到了他们的情书，他们的婚姻终于破裂。（她已经忍受了瓦格纳好几次婚外情。一八五〇年，他几乎和年轻的仰慕者私奔到了东方。）韦森多克事件最后给音乐界带来了极大影响，催生了史上最有影响力的歌剧之一——《特里斯坦与伊索尔德》。这部剧所讲述的偏偏就是一段热烈婚外情的故事。后来韦森多克先生巧妙地购入了瓦格纳的部分手稿，让作曲家得以开始新生活。瓦格纳于是去了巴黎，过上了上流的生活，雇了一个佣人和一个贴身男仆，还一口气付了三年租金。

一八六四年，巴伐利亚的青年同性恋皇帝路德维希二世回应了瓦格纳发在报纸上寻求经济援助的请求。他让瓦格纳在慕尼黑创作，给了他完全的自由，还给了一笔无限额的款项，以供他生活之需。这笔资助的第一个回报就是一八六五年首演的《特里斯坦与伊索尔德》，由汉斯·冯·彪罗[①]指挥。

---

① 汉斯·冯·彪罗（Hans Von Bülow，1830－1894），十九世纪德国重要指挥家、钢琴家及作曲家。

瓦格纳过上了极尽奢靡的生活。皇帝十分爱慕他，这却让朝廷极为不满，最终在一八六五年施压令他离开了慕尼黑。虽如此，瓦格纳仍有皇帝的无尽款项支持。他在卢塞恩湖畔一个宫殿般的豪宅里定居了下来，把别人的钱（在瓦格纳的字典里，那就是他应得的钱）用在各种必需的奢侈品上：丝绸、皮草、香水、缀以金子或紫色天鹅绒的黄色皮革墙纸，东方古董和完美无缺的花园。就像他说过的一样，"我必须得有壮丽、美和阳光"。为回报彪罗大师在指挥台上对他音乐充满尊崇的演绎，瓦格纳把彪罗太太收作情妇。路德维希皇帝最终完全发了疯，在一八八六年投水自尽。

这些被瓦格纳剥削利用的资助者身上最不同寻常之处，就是他们对他的慷慨之深。彪罗虽因瓦格纳给他戴了绿帽而成了国际笑柄，却还恭喜与他不和的太太，说她与"更高等的人"有了关系。瓦格纳曾经的追随者们——甚至包括现在的追随者——对瓦格纳有一种极其强烈的信仰，几乎达到了邪教的程度。某种程度上说，这确实是一种宗教：艺术的新宗教。现在只差给他建一座大寺庙，一个瓦格纳艺术的圣地，供瓦格纳一八七四年完成的《指环》里的众神祇居住。这部史诗作品总时长十五小时，需要四个晚上才能演完。令人不可思议的是，这圣地还真被建成了。一八七六年，它在德国的小镇拜罗伊特完工，建筑花费来自捐助、瓦格纳的音乐会收入和他的白马骑士路德维希皇帝的一大笔慷慨资助。这座所谓的节日剧院以建筑的形式体现了瓦格纳对“音乐戏剧”（不是“歌剧”这种平庸的体裁）的理解。直至今日，它依然是世界上音响效果最好的建筑之一。从观众的视线看去，有一个连帽状的凹陷结构笼罩着庞大的管弦乐团，并同时将乐声反射到广阔的舞台上，使歌手们可以将自己的音浪推至顶峰，如同花朵绽放于海面。即使在二十一世纪，参加拜罗伊特音乐节仍是众多音乐朝圣者心中至高无上的剧场体验之一。

想要长长久久？

要建立一个王朝，命要活得长，孩子要生得晚——这似乎是瓦格纳家族的传承信条。来看看：瓦格纳出生在一八一三年。他的独子齐格弗里德得名于《指环》，出生在一八六九年，当时瓦格纳已五十六岁。瓦格纳在一八八三年初过世，终年七十岁。齐格弗里德从建筑系毕业，周游印度和中国，后来仍然无法自控地投身于家族的音乐传统之中。我对齐格弗里德·瓦格纳抱有不少同情。他顶着这样一个歌剧英雄的名字，又是如此非凡的父亲的独子，若留在东方设计佛塔，说不定还更安全些。

瓦格纳的孀妇柯西玛在他死后五十年才过世，活到了一九三〇年。齐格弗里德直到一九一五年才娶了一个英国女人温妮菲尔德，她比他年轻三十岁。她个性令人畏惧，比她的丈夫更像瓦格纳家的人。她与希特勒是朋友，后者则是瓦格纳最大的崇拜者之一。丈夫死后，温妮菲尔德也活了五十年，一直到一九八〇年，几乎是她公公辞世的一个世纪后。

齐格弗里德和温妮菲尔德的两个儿子威兰和沃尔夫冈都从事家族“生意”，在二战后接管了拜罗伊特音乐节，不断对祖父的作品进行创新式的演绎。威兰在一九六六年过世，但沃尔夫冈牢牢掌管着瓦格纳圣地艺术表演的管理权直到二〇一〇年，移交管理权后不久他便离世了。在家族内部勉强达成和解后，这权力被移交到了他的两个女儿手上。姐姐艾娃·瓦格纳－帕斯卡在二〇一五年退位，将音乐节全权交给作曲家的曾孙女卡特琳娜手上，她一九七八年才出生（沃尔夫冈也跟随家族传统，晚年才生儿育女）。几十年间，瓦格纳家族一直在为继承权斗争；瓦格纳对反犹主义的偏激坚持，以及他儿媳与希特勒的友情，都像可怖的阴影一样笼罩在这个家族头上，就像《指环》中神祇、巨人与地精之间对权力和金钱的斗争一样。瓦格纳已经把他们的下场告诉了我们。

另外一位事业成功的音乐家与瓦格纳生活在同一时代，他是意大利的朱塞佩·威尔第。在离世一百多年后，他的歌剧仍是全世界表演次数最多的作品。如果有音乐公司胆大包天，不在本年表演季安排威尔第的作品，那可就要承受冷清的票房了。他的作品列表就是终极版本的热门列表，包括《弄臣》《茶花女》《游吟诗人》《阿依达》和《奥泰罗》。

威尔第的才能一开始没有被本应慧眼如炬的那些人发掘。一八三二年，来自外省的青年威尔第前往广受崇敬的米兰音乐学院面试，却没有通过。官方的说法是，他是外国人，年龄太大，弹钢琴的姿势也不对。终其一生，威尔第都不知道自己是因为这些而被拒的。多年后，米兰音乐学院寻求他的同意，想冠上他的名字。威尔第十分不快，这个机构当初不愿收他成为自己的一员，如今竟有胆量要求他冠名。他（错误地引用了格劳乔·马克思[①]的话）说："我年轻时他们不要我，等老了他们也不能得到我。"

十九世纪三十年代末，年轻的作曲家结婚了，婚后生活美满，育有一儿一女。在被音乐学院拒绝后，他依然通过私

① 格劳乔·马克思（Groucho Marx，1890－1977），美国著名电影演员。

人授课接受了很好的音乐教育。当时有人承诺可以让他的歌剧作品在米兰的斯卡拉歌剧院公演，他也奋力想要做出一番成绩来。而后，灾难从天而降：两年间，威尔第的家人都病逝。一八四〇年六月，他的妻子继两个孩子之后过世。当时，作曲家正处于创作的阵痛中，作品偏偏是一部喜剧《一日国王》。面对这样的情况，不难想象威尔第对喜剧创作还能有多少热情。歌剧的首演成绩自然是一团糟，不满的观众对着剧终落下的帷幕破口大骂，这部剧而后立刻就被撤了下来。

作曲家大受打击，发誓再也不创作音乐，从此隐居起来，偶尔才到附近的小食品店吃顿饭。某个大雪纷飞的冬夜，威尔第独自上街散步，巧遇斯卡拉歌剧院的主管。梅雷利阁下把他拉到一边，硬塞了一部剧本让他考虑。回到出租屋后，威尔第说他“粗暴地”把手稿扔到了桌上。它摊开来，上面的台词正好是“Va pensiero, sull'ali dorate（飞吧！思想，乘着金色的翅膀）”。唱出这句台词的是受俘的希伯来奴隶，生活在古巴比伦，处于尼布甲尼撒二世治下。

正是这个！灵感之火猛地燃起，威尔第完成歌剧《纳布科》，并在一八四二年首演后顿时名声大噪。此剧中希伯来奴隶的合唱大受欢迎，掌声经久不衰。他再也没回过头，近六十年后过世，死时已是国家英雄。“犹太人希望重返家乡”仍是他最著名的旋律。

法国人乔治·比才曾说过：“瓦格纳就是有风格的威尔第。”作曲家所受到的最恶毒谩骂正出自同行口中。有些人认为，比才本人就是被冷漠所杀死的。他的杰作《卡门》首演门可罗雀，在一八七五年三月受到报纸大加挞伐。他所创作的体裁是喜歌剧，台词本应与唱段互相交错，剧情诙谐讽刺，他却用它讲述了一个发生在西班牙夏日的，诱惑和性嫉妒的故事；卡门的情人在斗牛过程中遭人唾弃，精神错乱，还刺死了卡门。观众想享受愉快之夜而不得，甚至不肯鼓掌。比才在剧院外的街道上踱步，说：“这次我真的完了。”

抑郁而致一病不起，作曲家次年六月便病逝了，享年三十六岁。当时，《卡门》的上座率仍旧惨不忍睹。四个月后，作品在维也纳演出大获成功，此剧从此走上了闻名世界之路。今天，它与普契尼的《波希米亚人》平起平坐，成为歌剧中最受欢迎的作品。《卡门》是柴可夫斯基最喜欢的歌剧，哲学家尼采（也曾经是瓦格纳的忠实粉丝）将这部作品誉为瓦格纳之毒的解药。

这一切对它的作曲家来说，都来得太晚了。

临近一九〇五年罗马奖[①]时，时年二十九岁的莫里斯·

① 法兰西学院于1803年设置的音乐奖，每年授奖一次，竞选者为巴黎音乐学院的作曲专业学生。

拉威尔已被公认为法国最有才华的作曲家之一，唯独巴黎音乐学院的著名评委对此不置可否。拉威尔在此学院断断续续地学习了十四年。这个奖项具有尊崇地位，也是第一个全额资助获奖者在永恒之城居住的奖项。获奖者包括柏辽兹、比才和德彪西。拉威尔试了三次都无功而返，这次参赛已是他最后一次机会，第二年他就超过年龄限制了。流言称这次他参与角逐不过是走个形式，获奖已是板上钉钉了。

然而，拉威尔在预选阶段就被踢了出去。奇耻大辱！巴黎音乐界义愤填膺，这场闹剧在音乐学院负责人辞职后才得以平息。拉威尔则和朋友们乘船去了荷兰。可能零星有人知道一九〇五年巴黎音乐学院的评委是谁，但大部分的人都知道是谁创作了《波莱罗》。

乳臭未干的约翰

最后来说说传统家庭战场上的父子大战，又名施特劳斯事件。

维也纳有两个约翰：一个是父亲（一八〇四年生），一个是儿子（一八二五年生）。爸爸催生了新一波狂热的舞蹈风潮，使华尔兹大受欢迎，因此名声大噪，并有专属乐团演奏自己创作的乐曲。大约翰繁育了十三个孩子，其中六个是发妻所生，另外七个则是情妇的私生子。若父亲不是音乐人，他不同意儿子的艺术追求，害怕他做音乐会一文不名，这很正常，甚至很有道理。然而大约翰作为一个成功的音乐家却也抱有这样的想法，甚至想把大儿子培养成银行家。

施特劳斯家的遗传基因可不这么容易抑制，到了一八四二年，小约翰不再学习记账，转学了音乐。他的父亲立刻察觉到家里可能多了个威胁（“乳臭未干的约翰想写华尔兹，可是他根本连华尔兹是什么都不知道”），却对此无能为力。他阻止不了公众对施特劳斯家一位新管弦乐队指挥的兴趣。小约翰在多麦尔赌场首秀即大获成功。

大约翰起家于贫寒的维也纳郊区，却拥有一个极成功的音乐生涯，最终于一八四九年过世。他想阻止他的儿子进入专业音乐领域，后者却成了引领十九世纪后半叶欧洲轻音乐的施特劳斯大师，并于一八六七年创作出了不朽的《蓝色多瑙河》，最后得名“华尔兹之王”。

成功真让人飘飘然。当你对音乐与爱情的喜爱征服了一切，下面这章就能让你好好坐下，享受这微醺的快乐了。

快乐

伟大的艺术可以是悲剧的，也可以是快乐的。

现在已经不是严肃的时代了。

——埃马纽埃尔 · 夏布里埃

只有在周围环境绝不能寂静无声的时候，音乐才有存在的必要。如果你像我一样听过那么多音乐，不知休息的脑子就会成为一个储存声音记忆的库房，在远方散步时都会想起一段旋律来。当别人打开耳朵，倾听自然的交响乐，听风声、鸟鸣、远远的水声时，我却因沉重的脚步声而听见西方艺术音乐顶峰三百首里的旋律。慢板不合我的心情，我便将心中的喜悦转化为脑海里的旋律，其中长号高声鸣叫，铜钹轰轰作响，而且每当我爬上一座新的山头，它们都会加快速度。

一九九九年，我申请了一段时间的学术休假，去法国南部的小镇住了几个月。一段时间后，我成功让自己看上去懒散得像是仿佛没有工作的本地人了。在那里，人们整天把时间花在琢磨一个文段上，伴着半升能令人喝醉的饮品，时间便过去了。有时候我想有点产出，把以前那个自己放出来，散发一下新教徒工作伦理的陈腐气味。此时我就会挑村后那条陡然下降的小路，顺着它可以走到一个叫岩石之海的地方。沿着蜿蜒小路，拐一两个弯，所有现存文明的痕迹都消失了，四周一片死寂，只有嶙峋的石灰岩，久被荒置的石制农房被灌木丛侵袭得只剩一地废墟。

一个早上，我决定一路走到另一个镇上。那儿离这里整整十公里，坐落在附近的绝壁顶上，路上必须攀爬一段很长的距离。那天实在太美了，在我爬山时，作曲家们一路与我做伴。爬到最高点，站在绝壁边缘，风在我身边呼啸，看着远处的赛文山脉，我满心喜悦，欢欣不已。此时，配合这样的画面，我脑海中回响的是谁的旋律呢？ 埃马纽埃尔·夏布里埃先生。

把夏布里埃的音乐和高山绝壁联系在一起再适合不过了。他是在法国的奥弗涅区域出生的山地人。夏布里埃一八四一年出生，或许他在幼时听过一些当地民谣，但他不知道在近百年后，另一位音乐家约瑟夫·康特卢布将会把这些民谣改编成管弦乐曲，这些旋律也因而名声大噪。

夏布里埃幼时音乐天分很高，但他的律师父亲认为音乐太过浅薄，因此让他学了法律。他一八六一年毕业，在法国内务部谋了一份职位，当了近二十年的公务员。

从夏布里埃的生活和艺术中，我们能学到很有价值的一课：

泪水与欢笑都同样可以衡量生活的深度

“别笑了，这是正经事！”我记得，在我还是音乐学生时，常常在管弦乐队排练时听到这句话。我们深信，深度和意义属于戏剧和紧皱的眉头。

一八五六年，当夏布里埃从外省搬往巴黎时，光明之城[①]是大歌剧的大本营，而后者正处于其鼎盛时期；历史背景下的个人悲剧，恢宏的场面，庞大的合唱团，不可能的爱，背叛与死亡。这才是艺术盛宴；喜剧不过是甜点，因此也无关紧要。

夏布里埃对此无法接受。“唯一的艺术，严肃艺术，已经停滞不前、毫无建树。”他在给朋友的信中写道。为什么愁眉不展就比较重要？喜剧令他着迷。早在他二十出头，刚从法学院毕业时，他就已经着手和诗人朋友保尔·魏尔伦[②]一起创作两部轻歌剧了。这两部作品分别是《星星》（算得

---

① 即巴黎。

② 保尔·魏尔伦（Paul Verlaine，1844－1896），法国象征派诗人。

上是大师之作）和《教育失败》。

多年后，在他寥寥几部管弦乐作品之一的《快乐进行曲》首次排练时，整个管弦乐团都笑个不停。这不是嘲笑，乐手们纯粹是与兴高采烈的调子产生了共鸣。夏布里埃最常被演奏的作品是管弦狂想曲《西班牙》，这首曲子是他和家人去伊比利亚半岛度假的纪念品。度假期间，他还十分粗俗地承认女人的泳装让他想入非非。我们简直能想象出他是如何在西班牙海滩上睁大眼睛四处张望的。西班牙风情从管弦乐团美妙的演奏中喷薄而出。作曲家樊尚·丹第称他是“滑稽天使”，但夏布里埃的纯朴作品中所蕴含的不仅仅是浅薄的笑声；这笑声来自深埋于脑海的沉思。

夏布里埃告诉我们，面对生活的兴衰荣辱，既可报以微笑，又可报以泪水，然而其中一种选择显然要比另一种健康得多。伦纳德·伯恩斯坦所称的“音乐之快乐”就是夏布里埃的出发点。对于这位自封“跳木屐舞的奥弗涅[①]人”（指的是他不起眼的农村出身）而言，音乐是我们脚下的大地，是站在漫过腰部的水中女人的曲线，是印象派画家友人笔下的色彩，是对象牙琴键发起的一次猛烈攻击——他素有“屠琴者”的恶名，还是一段兴高采烈的舞；音乐是他生活中的美

① 法国中部的一个大区。

好调剂，虽然他这辈子并不很长。年仅五十三岁，他便因梅毒而离世了；随着身体每况愈下，曾充满活力的作曲家最后终于承认，即使是他的缪斯也救不了他。他写道："可怜的，亲爱的音乐，我可怜的好朋友，你是再也不想让我快乐了吗？可是我爱你，我想我将会死在你的手上。"

要信任你的中年危机，它有话想告诉你

一八八〇年，夏布里埃已三十九岁，是内务部一位令人尊敬的公务员，婚姻美满，育有二子，是朝九晚五的中产阶级的完美楷模。没错，他和有艺术气息的朋友来往，在派对上大声弹琴，还上演轻歌剧。但他从来没上过音乐学院，这都是票友的玩意罢了。

同年，夏布里埃的朋友带他去了慕尼黑，听瓦格纳的《特里斯坦与伊索尔德》。这次经历成了一次洗礼。才听了几分钟序曲，夏布里埃就啜泣不止。随后，他必定对自己的人生目标做了一次快速自省。结果很具戏剧性：离四十岁生日还有两个月时，他辞了铁饭碗，丢了拘束，一头栽进有上顿没下顿的自由作曲家生涯。

他的亲友都很担心。毕竟他的孩子都还小，而且他是个

律师，没有正经的关于音乐的资质证明。天知道他脑子里转的是什么主意；这可能是什么不祥预兆，甚至是某种慢性退行性疾病的第一个症状，就是病了才让他觉得时间如流水。这几乎就是我们所有人都会经历的个人渴望与社会家庭责任之间的冲突。这年头，如果一个三十九岁上下的人突然这样孤注一掷，人们都会说他是遇到了“中年危机”。

当时还是一八八〇年，不是一百年后的世界，夏布里埃也就没有寻求心理医生、财务顾问、成功学专栏作家、电台聊天节目或自助书籍的帮助——尤其不需要最后一个。毫无疑问，这些帮助中的每一个人都会告诉他，这计划只是人生中“那个”时期的愚蠢冲动。想想这样行事对退休金会有多大影响！在他那个时代，亲戚朋友和内务部的同事肯定紧张而小声地给了他不少建议。

事实证明，夏布里埃冒这个险是值得的。他这辈子没那么长。他只剩不到十年的余生可以用来追寻这个梦想了。如果那些怀疑他的庸人成功说服了他，那就少了一个伟大的作曲家来告诉这个世界，快乐是多么价值连城。夏布里埃的矛盾处境，甚至是他最后所做出的决定，在当今也很常见，然而这个决定的结果却极为罕见。那些后十年创作出的伟大作品就像是音乐给勇敢者的一笔丰富奖赏。如果我们的中年危机都能如此，那实在是幸运至极。

你该走的那条对的路，往往都是最显而易见的那条

拜服于瓦格纳的魔力之下，是解放夏布里埃的催化剂。然而臣服于他的魔力却十分危险，几乎是另一种奴役。夏布里埃对瓦格纳的狂热变成了对这位德国大师的模仿甚至复刻。他天生喜爱聪明且快节奏的舞台喜剧与亲密且干脆短小的音乐小品，却无视了自己的天性，决定创作大型、充满戏剧性的歌剧。他将背景设成半神话世界，创作出了《特里斯坦：格温多林》。此作品描述了十九世纪英国撒克逊人与丹麦人的故事。另外的作品还有《布里塞伊斯》，一个基督教与异教对抗版本的《苏菲的抉择》，时间线设得更早，往前推到了公元一世纪。这部作品没有完成，但现在雷德利·斯科特[①]说不定能把它续完。

他虽上对了车，却南辕北辙，浪费了不少时间。这可能是他心中“严肃”作曲家该写的作品。比起他的小作品，现在已经没什么人会去关心他所谓的长篇大作。夏布里埃早年常抨击所谓“严肃”艺术，实在是讽刺至极。

---

① 雷德利·斯科特（Ridley Scott，1937－），英国著名导演、制作人。导演作品有《异形》《银翼杀手》《火星救援》等。

那句“人以群分”的老话

我心中的梦幻晚宴嘉宾名单里肯定有夏布里埃。他可能没有奥斯卡·王尔德的机智，也没有瓦格纳的领导魅力，但这个矮小、秃头、啤酒肚的人身上肯定有什么特质，使他在巴黎的艺术圈里广受欢迎。他和一群高蹈派的文艺人士走得很近，咖啡馆算是他们的大本营。

大诗人保尔·魏尔伦是他早年的朋友，也是他在艺术上的合作者。后来，他还写了一首关于夏布里埃的十四行诗。画家在他的圈子里很显眼，他也对他们致以最高的赞赏——买他们的画作，其中包括莫奈、雷诺阿和塞尚。马奈[①]的著名画作《女神游乐厅的吧台》曾挂在夏布里埃的钢琴上方，画家本人更是死在他的怀里。他也和其他作曲家交友，包括福瑞[②]、肖松[③]、圣-桑和马斯奈[④]，都是当时举世闻名的大师。就是他的好朋友迪帕克把他拉上那趟命运的远行，带他去慕尼黑听《特里斯坦与伊索尔德》。后来他拜访拜罗伊特，受瓦格纳遗孀柯西玛之邀去喝茶，还给自己挣了个小小的荣誉，把蛋糕偷偷地扔到一个抽屉里。

---

① 爱杜尔·马奈（Edouard Manet，1832－1883），法国印象派画家。

② 加布里埃尔·福瑞（Gabriel Fauré，1855 － 1899），法国作曲家。

③ 埃尔·内斯特·肖松（Ernest Chausson，1855－1899），法国作曲家。

④ 儒斯·马斯奈（Jules Massenet，1842－1912），法国作曲家、音乐教育家。

他结交法国最优秀的艺术界人物，有一个众星云集的朋友圈，但并不是为了向上爬，他们的友谊是真诚的，建立在对彼此的尊重上。他的音乐同样讨人喜欢，也让后来者得以了解他的人格。二十世纪二十年代，法国作曲家弗朗西·普朗克往早期的自动唱机里扔了一个硬币。机器播放了一段夏布里埃的钢琴曲，名叫《牧歌》。普朗克本觉得夏布里埃只是个小作曲家，但后来他写道："即使到今天，一听到这奇迹般的曲子，我都因激烈的情感而颤抖。我的音乐上永远留有这一个初吻的痕迹。亲爱的夏布里埃，我们是多么爱你！"

欢乐颂歌

最著名的欢乐颂歌必然是贝多芬在《第九交响曲》末章中对席勒《欢乐颂》的配乐。在当时，这是极大的创新。作曲家想要表达如此强烈的感情，以至于交响曲中纯乐器的配置像多余的柏林墙一样倒塌，为人声空出位置，使其倾泻而出。一九八九年，柏林墙倒塌时，人们就在德国唱起了《欢乐颂》。在日本，这首曲子每年都会被演奏上百次。这段著名的旋律只包括五个核心音符，牢牢地框住了欢乐，然而它却似乎打开了广阔的天地，涵括了整个世界。

管弦乐组曲《行星》则描述了另一个充满欢乐的世界。作曲家古斯塔夫·霍尔斯特是英国人。这幅音乐描述的图景中没有地球，这首送给外太空的小夜曲常常被用作电视节目中戏剧性大场面的背景乐，如战争，当然还有外太空。《木星，欢乐的使者》此曲十分意气风发，令人兴奋的乐曲结构最后落在一段脍炙人口的旋律上，后来还演变成了颂歌《我向你起誓，我的祖国》。这首歌成了许多场合上的保留曲目，包括足球赛、婚礼（戴安娜王妃的婚礼）。有点奇怪的是，它在葬礼上也很常见（包括丘吉尔的葬礼，以及，没错，戴安娜王妃的葬礼）。

虽然歌曲是群体最好的团结剂，但人们还写下了许多音符，表达生命中微小的欢乐。巴赫写了几百首神圣的大合唱；我最喜欢的是一首十分世俗的作品：《咖啡康塔塔》。曲子里，一个叛逆的女儿夸耀她对咖啡的喜爱，虽然那实已算得上咖啡瘾了。还有一种不怎么见得了光的愉悦，由瑞士出生的路德维希·森夫尔写了出来：那首歌说的是在浴缸里放屁的快乐。

喝酒也是常见的音乐主题。许多歌剧里都有在酒馆中举杯庆贺的场景。如果角色们出身太过高贵，不能去酒馆里找乐子的话，他们就会在家里和一群朋友畅饮。在意大利歌剧中，喝酒时唱的歌叫祝酒歌，其中最著名的莫过于威尔第的

《茶花女》。英国国王亨利八世是出了名的好人缘，朋友的数量和老婆差不多，《与好伙伴一起消磨时光》这首伟大的歌曲描述了他所享受的美好时光。

美国著名作曲家乔治·格什温也把一次散步写成了一首愉快的作品，又名《遛狗》。像狗一样，小屁孩也闹得人头疼。在歌剧和其他器乐演奏的“儿歌”组曲中，最美妙的一首莫过于比才在一八七一年所作的《儿童游戏》。罗西尼所作《宝宝之歌》中，小主角做了些婴儿每天都要做好多次的事情，还“咔咔”地叫着向爸爸汇报，歌词也正是这样唱的。可能这样孩子气一把也让罗西尼颇为享受，毕竟这首歌是他晚年所作，归在《老年之罪》系列作品中。

歌颂谢意

多年前第一次去法国时，我看了一场威尔第的歌剧《命运之力》。我去的是老巴黎歌剧院，就是里面应该住着魅影的那间。到场的观众都很激动，一是为了基于西班牙浪漫主义派画家戈雅画作所设计的舞台布景，二是为了朱利叶斯·鲁德尔的指挥。演出结束后，观众如雷的掌声在夏加尔所绘的天顶壁画下回荡，而我注意到一位老观众离开了座位，优雅地沿走廊走向管弦乐池。到达乐池后，她赞许地拍了拍惊讶的指挥大师，然后转身慢步走开。这些年来，我多次站在观众席献出热烈的掌声，但我觉得，我很难再看见像这位老妇人的赞许一样真诚的回应了。

我们不会过度执着于欢乐这个主题。除了夏布里埃，其他作曲家显然觉得这远不及探索更阴暗的情绪有趣。

在歌剧里，当剧中角色告诉我们他们有多快乐时，那段曲子总是最无趣的；幸运的是，他们的快活从来都不长久。

中场休息

故事讲到这里，我们的感觉一直都还不错。我们所描绘的这条情绪曲线不断上升，以至于达到了临界点，但在爱情故事的开头，少有人会想到要克制。

在此，当节目行至中途，让我们克制一下，调亮灯光，到吧台欢饮一番。本书为你提炼的爱情课程不是能让人安全模仿的人生建议。我们必须得稍微放下这些激情，看看爱情以外的具体事务，从朋友们的失败中吸取教训。

享受这小酌时刻吧。爱情的戏码就像歌剧一样，到第二幕就会变得阴郁了。

一些音乐人生经验

创作音乐的目的？不过是借此从梦中醒来，

睁开眼睛看看我们每天的生活罢了。

——约翰·凯奇[1]，一九五七

① 约翰·凯奇（John Cage，1912－1992），美国作曲家。

不要浪费光阴

我们很容易把作曲家们想象成不断对歌剧和交响乐修修补补的人。作品中有那么多细节需要细致的修改，还有那么多音符！莱昂纳多·达·芬奇画《蒙娜丽莎》花了整整十五年才完成，总是怎么修也修不完。像亨德尔《弥赛亚》这样的作品，当然也需要这样坚持不懈的努力。

还真不需要。显然，用音符描绘耶稣比用画笔描绘微笑要简单。一七四一年，亨德尔完成了《弥赛亚》，八月二十二日开工，九月十四日就完成了，刚刚好三个半星期。他在写下一部清唱剧时，动作就慢了点。他在同年十月二十九日完成了《参孙》的创作，花了六个星期。两部剧都要一整个晚上才能听完。我记得自己曾经唱过他的清唱剧《以色列人在埃及》（这部剧刚好花了他一个月写完，一七三八年十月完成）里长达四分钟的合唱曲，当时我猜这首极尽复杂的作品大概只花一天就完成了，算到中提琴的最后一个十六分音符为止。尊敬的古典学者同时也是印刷商的托马斯·莫雷尔是亨德尔的剧本作者之一。他曾把一首咏叹调的歌词交给亨德尔，然后出门走了两步，过三分钟回来后，发现亨德尔已经把人声的曲给谱好了。这已经能算得上是奇迹了。

莫扎特的速度不仅能与此并肩，更能一心二用。就像一边喝水一边表演木偶腹语的口技艺人一样，他痛饮着潘趣酒，和妻子聊着天，同时写出了歌剧《唐·璜》的序曲。那是一七八七年，第二天就是歌剧的公演日。下次上网浏览国际音乐网络图书馆网站时，记得顺便看看这首序曲的总谱。换做普通人，光抄写就要花不止一晚上。莫扎特的手动得比我们的眼睛还快。

十九世纪早期创作美声歌曲的意大利作曲家们就像调配音乐咖啡速度最快的咖啡师一样。当年的歌剧世界步调快且自由随性，坐落在外省的剧院以难以置信的速度消耗新作品。作曲家收到创作委托的几个星期后就是首演日。如果观众对新剧不买账，他们也只是耸耸肩，反正一个月内又会有新作品出炉。

罗西尼的《塞尔维亚的理发师》写于一八一六年，只花了十三天时间，不过其中一些片段（包括序曲）只是把以前的失败作品回收利用了而已。毕竟，没必要因为观众反响不好就浪费掉好材料。罗西尼的同胞，法国人葛塔诺·多尼采蒂仅用八天，就完成了他的喜剧经典《爱情灵药》。

其他作曲家则更愿意花时间写许多小作品，而不是写歌剧这样的大作品。歌曲就是一个好例子。弗朗茨·舒伯特、罗伯特·舒曼和雨果·沃尔夫是十九世纪最伟大的三位德国歌曲创作者，他们一天内写好几首歌简直是信手拈来。反观我写这本书的速度，我实在有些尴尬。卖我个面子，还是读快点吧。

绝不要忽视家庭安保问题

如果你的至亲盼着你早死，这个问题就更迫切了。伟大的法国小提琴家兼作曲家让－玛里·勒克莱尔晚年家庭生活很不如意。他与妻子分居，在巴黎郊区一个落魄的地方买了个小房子独居。某晚，他在自己房子的大门前被刺死。阿加莎·克里斯蒂必定很喜欢这个案情，宪兵队发现了三个嫌疑人：园丁、勒克莱尔的妻子、同为小提琴家且与他有隙的侄子。大部分证据都指向了他的侄子，但这个案子从没被起诉过。

古典音乐是年轻人的游戏

现在的生活节奏确实较快，但以前，人们的寿命更短。虽然人口学统计显示人们进入古典乐行业时年龄都较大，却不能因此推断古典乐是老年人的天下，摇滚乐才是。看看滚石乐队就知道了。稍长些年岁其实也不是什么大问题（实话说，我最近也开始变老了），但是看到眼下某些在青春流行乐界久经时间考验的老艺术家已经比我年轻时在墙上钉过照片的偶像们还老了，这实在让我忍俊不禁。

放在他们的时代，作曲家们的低寿命是寻常的事，但在今天看来就让人心情低落了：

舒伯特，享年三十一岁

莫扎特，享年三十五岁

比才，享年三十六岁

门德尔松和格什温，享年三十八岁

肖邦，享年三十九岁

还有更糟的。意大利人乔瓦尼·佩尔戈莱西是十八世纪成就最高的作曲家之一。他显然体弱多病，只撑到了二十六岁，在一七三六年逝世了。至于西班牙人胡安·克里索斯托莫·阿里亚加，这位激动人心的，属于十九世纪的天才则是刚好活到了二十岁生日前夕。

那些活得长的则早早挣得了一身名声。我们的老朋友斯特拉文斯基在三十岁写了《春之祭》，这部作品算得上是二十世纪音乐的分水岭之一。他在里面描绘了一个朋克风的女孩狂舞至死的场景。在《幻想交响曲》中写下如旋涡般疯狂旋舞的失恋幻觉时，柏辽兹仅有二十六岁。他们眼角没有一丝皱纹，但每个人似乎都已早早成熟了。

什么时候开始都不算晚

有些人一飞冲天，有些则在起步的路上走得慢些。柴可夫斯基（见《悲伤》一章）到二十一岁才正式开始音乐训练；法国的欧内斯特·肖松尝试过写作、绘画，甚至还读了个法学院，到了二十四岁才开始正式学习音乐。埃里克·萨蒂觉得在烟雾缭绕的巴黎酒馆里弹钢琴学到的东西不够多，于是在三十九岁时，到音乐学院读书去了。只有按自己的步调来，才是对的。

远离公共交通

音乐史告诉我们，报应来的方式总是出人意料。作曲家艾萨克·奈森每当遇到困境，总是走为上计——一般是为躲债。快三十岁时，债主把他从家乡英格兰赶到了威尔士。他也有可能是乔治四世的特务[①]，国王的音乐图书馆馆员不过是个假身份，实际上他是十九世纪早期的邦德，还会玩玩音乐。

一八二三年，他的《甜心与妻子》在伦敦歌剧舞台上大受欢迎。由此看来，与贵族来往必然给他挣来了些大人物的信任。结果，因为帮着威廉四世干了些“不为人知的事”，他的前程毁于一旦，并在一八四一年移民到了澳大利亚。他成了悉尼殖民时期音乐的无冕之王：他同时作曲、授课、为土著音乐写注释，还兼顾写作，在文章中无所不谈。宫廷间谍的日子既已成往事，奈森便写了一部《多事之秋的快乐怪人们》，光看名字就很是耸动。此剧从没被完整表演过，我猜是因为连招揽剧组成员都有困难。当然，我觉得这个困难放在今天还是可以克服的。

一八六四年，艾萨克·奈森一时失足，被马拉的有轨电车碾过，意外身亡。

---

① 艾萨克·奈森同时也是新闻记者和国际法学家。

小心驾驶

普契尼和拉威尔连慢速开车都能卷入严重事故。前文提到的肖松大器晚成，死得却早。四十四岁时，他从自行车上摔下来，死了。

严格自律是好事

时世艰难，如今到处都是大学生，如果没有一纸证书文凭在手，人就和G弦上的咏叹调一样没用。对理想远大的“严肃”作曲家而言也是一样。他们的技巧和乐理知识必须极其完备，而这些只有在大学课堂里才能学到。年轻的作曲家必须身携文凭证书，就像海关里满怀希望的移民，或者是纯种西班牙猎犬。

对此，过去的音乐大师会说：相信你自己的力量，相信生活的历练。我说不了什么提振士气的话，只能提醒你们，相比于现在，过去的大多数伟大作曲家从来都不是教室里教出来的，他们也没有文凭。有些人几乎完全是自学成才。

我们的朋友格奥尔格·菲利普·泰勒曼在世时，成就和名声都比同时代的巴赫更胜一筹。他是牧师之子，小时候连谱都读不懂时就已学了笛子、小提琴和齐特琴。他自学了记谱法，通过研究他人的乐谱发展出了自己的风格。他还不止有一种风格：泰勒曼可以毫不费力地在时兴的德国、法国与意大利潮流中切换。他学音乐就像孩子学语言一样自然。

理查德·瓦格纳可能是自创前路的作曲家中最激动人心的例子。他起步晚，而且当他中了音乐的毒，就迅速成了学校的差生。在青年期的末尾，他在莱比锡学校东拼西凑地学了几年。其余的时间就都拿来读音乐课本，或是誊抄他的音乐偶像贝多芬的谱子（后者可能更为重要）。

雅克·奥芬巴赫[1]把四分音符放进了康康舞——没错，那是他写的调子——为十九世纪的法国送上熏人欲醉的音乐香槟，比如他的轻歌剧《地狱中的奥菲欧》。他是二十世纪音乐剧的先驱。然而这位高卢音乐表演家却是在德国出生，父亲是独唱歌手。他去巴黎时才十四岁，只是想得到正统指导。他在巴黎音乐学院只学了一年。对这位青年大提琴手而言，跑遍当地剧院的所有管弦乐团显然是更好的学习。

英国作曲家爱德华·埃尔加到了四十多岁才发现自己能当作曲家（见《悲伤》一章）。他在自家乐行的亲切环境里自学了小提琴和作曲，最好的实操经验是指挥当地疯人院的

① 雅克·奥芬巴赫（Jacques Offenbach，1819－1880），德籍法国作曲家，法国轻歌剧的奠基人和代表人物。

乐团。人们都说稳扎稳打，无往不胜；等他终于成器，成果便是交响曲、协奏曲，还有数不清的影视配乐。但在英格兰以外的地区，他的作品仍未受到足够重视。

巴西音乐家海托尔·维拉－罗伯斯则必须现学现卖。在身为公务员的父亲死前，他从父亲身上学到了一点大提琴。他十岁时父亲就过世了，从此以后，他就靠音乐吃饭，在里约的街巷上卖艺，为剧院工作，在咖啡馆跑场。他几次前往巴西深处的雨林，好弄清楚当地的土著音乐，最终被里约的国家音乐学院录取。当时他已过了年纪，不再能承受这种严苛的学习了。他只在学校挨了一年，又回到了孤独的路上。他的《凯皮拉的小火车》使人印象深刻。这个不断转轨、尖叫、喘息的小片段是《巴西的巴赫风格》系列的一部分，在这个系列里，他将巴赫和巴西融为一体。

在此还要提到一位自学成才、精神可嘉的丹麦人。我很喜欢这位彼得·埃拉斯穆斯·朗格－米勒。他祖上家产丰厚，这让他不用忙于生计，得以在乡间别墅捣鼓音乐。

想做就做

多年前，我想做管弦乐团指挥想得着了魔，刚过完十九岁生日就跑到伦敦，观摩我偶像的工作现场。我成功地让英国指挥大师莱蒙德·莱帕德允许我旁观他的排练，结束后我求他指点迷津，问他如何才能做一名成功的指挥家。

“如果你想指挥，那就去指挥。”他说。

沉默一阵后，我才意识到他不会再给我推荐学习课程、著名学院、甚至挥舞指挥棒的技巧。总之做就是了？我当时觉得如果这样的话，到头来我恐怕会成为江湖骗子。别的不说，后来有好几次我坐在录音控制室里，看着某些人在指挥台上自取其辱。这种时候我总会想，是不是有太多人把莱帕德的这个建议当真了？

不过，他说得对。要成为一个指挥家，需要的技能远远不止纯粹的音乐才能。指挥家并不仅仅喜欢对别人指手画脚，还需要更高尚的美德，成为真正的领导者。这行里确实有坑蒙拐骗的家伙，但也有横空出世的卓越大师，从管风琴台上走下（如利奥波德·斯托科夫斯基）或从大提琴区踏上（如阿尔图罗·托斯卡尼尼）指挥台。

这两位大师生活在一个世纪以前，当时还没有指挥专业，也没有周末的激励训练。他们给自己设立了五年计划吗？或是对未来有着清晰的蓝图吗？多多少少——确实如此。指挥家签的都是中长期的合同，因此他们总是有一个明确的中期职业规划。而且，在打下第一个拍子前，他们脑中就必须有完整的演出构想。说到底，老派的热情就是他们的动力，而且显然效果拔群。音乐史中虽充满了短命的作曲家，高寿的指挥大师却也是从来不缺的。指挥家可能确实是靠作曲家随意挥洒的活力维持长寿的，也有可能是因为挥舞手臂这种有氧运动有益身心健康。

家具一定要固定好

夏尔－瓦朗坦·阿尔康是个隐士。这位法国钢琴家兼作曲家腼腆至极，以至于在三十五年间仅仅开了六次独奏会。没有演出时，他就彻底从公众视线中消失，从不外出交际，因此他的大部分生平事件都不为人所知。他打扮得像个修士，也像修士一样拥有大批神学书籍。这些书都放在外置书柜上，结果有个书柜翻倒，把他压死了。

为痘痘苦恼也是可以的

俄罗斯钢琴家、作曲家亚历山大·史克里亚宾被阿道司·赫胥黎称为“奢华的牙医”。这样看来，他本该极注意口腔卫生才对。他可能出生早了八十年；他的通过“全球意识”和“宇宙再生”来达到狂喜状态的概念，若放在二十世纪七十年代的加州郊区，这没准能找到一群志同道合者。同时，若有斯坦利·库布里克的帮助，他说不定能成功地将音乐、颜色和图像完全整合到一起。史克里亚宾蓄了胡子，上翘得极好看，可那底下却藏着麻烦。一个痘痘长在了里面而没有得到治疗，最后发展成了全身性的败血症，在四十三岁时夺走了他的性命。

橙子是危险物品……

多年前，我演过捷克喜歌剧《被出卖的新嫁娘》里一个顽童的角色，此剧的作者是贝德里赫·斯美塔那。我们的舞台两翼空间不足，出演快乐的波希米亚佃农的合唱团没分到更衣室。他们只好躲到舞台上乡村旅店的背景板后面换戏服。学生管弦乐团在乐池中猛烈地高声演奏，以遮住下一幕热烈场景到来前神秘的窸窣声。

剧中最活泼的一段表演是《喜剧演员之舞》，这段喧闹欢腾的民族芭蕾中有翩翩起舞的恋人、直立行走的熊和抛橙子的杂耍艺人。为了给这段表演腾地方，合唱团优雅地躲到了酒馆门面后，顺道换上庆典戏服。杂耍艺人领着一群舞者出了场，结果不幸失手，手上的橙子下雨似的滚了满台。橙子一个个地滚进乐池里，把乐师都吓了一跳，还砸碎了一把中提琴。我们的管弦乐团坚持演奏了下去，台上于是挤满了淘气包和跳舞的农夫。我在一边胆战心惊又忍俊不禁地看着一群人跳着舞朝台上最后一颗橙子挪了过去。那橙子显眼得像交通灯一样闪闪发光。结果自然是不可避免的：某人滑了一跤，朝后猛地一倒，轰然一响，观众们便看到了一个穿越场景——一群十九世纪乡村少女，捂着身上二十世纪七十年代的文胸。

哄堂大闹中，帷幕匆匆放下，遮住了被夷为平地的布景，我们慌慌张张地把酒馆的板子又竖了起来。以前，观众往台上扔水果的故事是听得多了，可是反过来，水果从台上往观众那边飞的事，在我记忆里可是唯一一次。

蘑菇也不安全

可别把德国作曲家约翰·肖伯特[①]和弗朗茨·舒伯特弄混

①约翰·肖伯特（Johann Schobert，约1720－1767），德国作曲家、大键琴家。

了。前者是莫扎特的偶像，也是他的模仿对象。幸亏莫扎特没跟着把这位前辈的菜谱也学了。肖伯特本来前程大好，结果没听巴黎当地酒馆老板的劝，把摘来的野蘑菇吃了，不幸英年早逝。蘑菇不仅毒死了作曲家本人，还把他的妻儿拉下了水。千万要听当地人的话。

见好就收

一般来说，作曲家是死了才退休的，但也有不少作曲家会休息一段日子；有些人休息了一阵子以后，直接就不写了。美国的查尔斯·艾夫斯只在经营保险公司的空闲时才写写音乐。他在自家楼上摆弄音符，就像普通男人在车库里摆弄零件一样。一九二六年的一天，他泪眼汪汪地走下楼，说他再也写不出曲子了。他就这样突然江郎才尽了。在此之后，人们才认识到艾夫斯对音乐所做出的开创性贡献。一九四七年，他的音乐赢得了普利策奖。但他再也写不出哪怕一个音符了（要是有时间，听听他为小型管弦乐团所作的《未被回答的问题》）。艾夫斯并未执着于哀叹，而是继续生活。

你会不会总觉得时间抛弃了你，仅仅因为维持初心，你就慢慢地被时代抛弃了？在第一次世界大战末，芬兰人让·

西贝柳斯被视为最伟大的欧洲音乐大师之一。他的交响乐总会奇异地令人想起他故乡贫瘠而寒冷的土地。然而仅仅几年后，他所熟悉的音乐世界就已不再了。再没有人创作他所爱的那种音乐。他也不再是从前的自己了；他最后一部大型管弦乐作品《塔皮奥拉》就像是西伯利亚风情音乐最后的丰碑。这部作品如此寒冷，你甚至得穿着外套听。他可能在想：我还能做什么呢？他自己给出了一个勇敢的答案：什么也不做。他封了笔，又活了三十年。他所受的尊崇越发强烈，他将再出新作的谣言在世界各地流传，然而这谣言终究没有成真。

千万别太激动

生于意大利的让·巴普蒂斯特·吕利向来极其我行我素。他引领了凡尔赛宫的音乐风潮，更深受路易十四的宠爱。国王偶尔会在他作品的舞台上跳舞。有一次，吕利在指挥为庆祝国王康复而写的新作《感恩赞》。在吕利的时代，细长的白色指挥棒和现代指挥家还不存在。演出时，人们只是用木棒敲地板打拍子，就像在电影《日出时让悲伤终结》中，法国男演员杰拉尔·德帕迪约所做的那样。

在极致的狂热时刻，吕利把木棒戳进了自己的脚，从台上摔了下来。伤口最后发展成了坏疽，要了他的命。从中我们可以学到：有权者可能死于自己的权势。

这些音乐你以前都听过，并不是偶然

这件旧事发生在我骑着摩托车进行西班牙北部朝圣之旅的途中，在《自由与释放》一章中也会提到。这段旅程充满了美好的寂静，因为我忍住了听西班牙对讲电台的诱惑，以免那些听不懂的异国言语占据那片国土上惊人的宁静。有好几次，我向调频旋钮伸出手，想听听北西班牙的古典乐电台会播些什么曲子，到头来还是颤抖着把手放回了方向盘。我几乎没意识到，自己已经陷入某种音乐范畴的营养不良了。

那是五月一个温暖的午后，午饭时间到了。我在布尔戈斯附近的一个小镇上歇脚，那里安静得有些反常。当时正是睡午觉的时候，在充满乡村气息的小镇上，此刻只有一间看起来异常清爽的餐馆还开着门。离餐馆优雅的窗户不远，一只鸡四处啄着食。老石墙里，大桌子上都铺着布，整洁得如同军营；过度浆洗的餐巾得用撬棍才能掰开。这一切无不显露出一种严肃的态度。我或许是唯一的顾客，若不是这一切与孤身朝圣的风度相得益彰，我必定会很不自在。

年轻女人呈上菜单，我用我们两人都不懂的语言胡乱点了一顿饭。我窝进椅子里，听见餐厅音响正悄声播放着什么——做得非常好，任何一间坚持要播放音乐的餐厅都应该向这里学习，把音量放低——播放的是维瓦尔第的小提琴协奏曲《四季》。

这突如其来的冲击令我手足无措，我突然再也无法忽视这过于熟悉的音乐。我聚精会神地重新聆听它，让它在我的桌面上如雨一样降落，如阳光般辉映。这确实好极了，我想。清晰的质地，自信的运笔，俯仰自如的弦乐充满了活力，生动的画面中有狂吠的狗、猎号、酷烈的风、滑溜的冰面。我被维瓦尔第想象中的图景牢牢攫住了心神。这段音乐美得毫不羞涩，毫无保留。我不知所措：威尼斯这位患哮喘的“红色牧师”竟能在逝世三个世纪后，又在此刻让我如此心荡神驰、心怀感激。

“控制住，”我心中的盎格鲁－撒克逊人说，“你快要失态了。”确实如此，我真的要在一个荒凉的西班牙餐馆里，因为人家的背景音乐而落泪了。坚硬如铁的餐巾派不上用场。我用菜单挡着，拿袖子揩了揩眼角。卷曲的菜单没挡住多少，反而把我的痛苦挣扎暴露在来送面包卷的女招待眼里。她没问什么，小心地把新鲜出炉的面包放得离我湿润的手指远了些，以保护面包上的新鲜脆皮。

多年过去，我已不记得当日的食物，但我永远不会忘记那一次的醍醐灌顶，它出人意料地令我重新意识到，音乐激发情感的力量多么强大，而聆听音乐是多么依靠直觉。同时我还记起我是多么热爱音乐，即使有些人觉得我所爱的只是些腐朽的老东西。把曲子听了五十次以后，似乎会催生出毫不在意的态度（看看青少年们就知道了），但伟大的音乐之所以家喻户晓，并不是因为其符合潮流；有时候需要这样一次意外的聆听，才能重新揭露出它的价值。

我也很支持所谓的大众管弦乐演奏会，乐手们会表演罗西尼的《威廉·退尔序曲》、格里格的《钢琴协奏曲》、贝多芬的《第五交响曲》和柴可夫斯基的《1812 序曲》。音乐毕竟还是那么美好，而观众们离场时也心满意足，激动不已。这是音乐的周日盛宴，是永远对你有益的爽心美食。到了周一，你又能大胆冒险了。

一定要随身携带瑞士军刀

这是另一个餐厅故事：多年前，我和一个英国钢琴家一起巡演，一路录下他的独奏表演，好在电台上播放。我们在乡间小镇吃午餐时，餐馆播放着糟透了的背景音乐，显然是想营造某种“情调”，但我们的用餐体验完全被毁了。我们礼貌地要求把音乐关掉（我们是唯一的顾客），但他们显然认为这是对餐厅管理人员音乐品味的攻击，反而调大了音量。

钢琴家说他对此早有准备，大声告辞说要去盥洗室一趟。他离场的短短时间内，那听了能让人耳朵生疮的声音消失了，简直像施了魔法。一头雾水的雇员开始在那烦人的音响的侧面板上敲来敲去。问题的真正缘由更见不得光些，钢琴家回到桌边，给我瞥了一眼他的瑞士军刀，往墙壁偏了偏头。墙上，喇叭的电线不起眼地断了一截。

要了解和陌生人谈天的好时机

这位钢琴家还说过，自己是遵照已逝作曲家的直接指导来演奏某些作品的，所以他的独奏会是公开的鬼上身表演。我一直都对此半信半疑，直到某一次中场休息时，我专门去休息室为他加油打气。

我敲门，门没锁，可是没人应。我小心翼翼地把门推开，发现他独自一人，膝上摊着李斯特的《超绝技巧练习曲》，目视虚空，手指着音符，问：“你想我怎么处理这个部分？”然后停下来听无声的回应。我偷偷离开了这场单方面的对话，毛骨悚然，同时意识到这场咨询是绝不容他人打扰的。在下半场，他以绝对的权威演奏了表演曲目。

没过多久，我的一位电台听众十分着急地联系我，要对我披露要事。她说某“顾问”建议她找我。她是一位十分清醒的中年妇女，两个儿子已成年，丈夫则把太多时间放在了一个冰箱公司上。几年前当她给父亲写信时，笔突然自己动了，写下一句“我是路德维希·凡·贝多芬”。她对音乐一无所知，自然对此不知所措。

在调查过这位隐形笔友的身份后，她也就接受了笔友愈发频繁的拜访。他们纸笔间的交流变得愈发亲密。贝多芬开始影响她的家庭。他向她介绍了几位异世界的同伴，她也因此交上了新朋友。据她所说，舒伯特陪人逛街是一把好手。有一次午餐会非常丢人，她的女性朋友提起同性恋，说了不少难听话，丝毫不知柴可夫斯基就坐在她们桌上。

和她关系最亲密的还是贝多芬，后来他还教她挑选自己作品的最佳版本。她说他让人感觉实在可爱，因此也想了解他的音乐。比起伯恩斯坦，作曲家本人更推崇卡拉扬。她有什么立场反对呢？直到此时，他们之间的对话都一直只在纸面上进行。有一次他在她面前现身了，那也是唯一的一次。他“可爱”的面庞打动了她的心。她决定与他私奔。然而，她不知道这场不寻常的感情是否会被她的朋友们所接受。她来找我寻求意见：她该怎么办？

我答复她，人必须寻求前车之鉴，而从这方面看，私奔的后果显然不怎么好（见《愤怒》一章）。诚然，贝多芬可能在彼世解决了一些个性问题，耳聋也不再是阻碍了。但这位作曲家一向容易拜倒在有夫之妇裙下，同时还对别人的道德准则非常挑剔；再说了，他真正的情人永远是他的作品。被推到一边，好为奏鸣曲让路，这可不是什么好的体验。我建议她，比较安全的选择还是汲取教训，只做朋友。即使他得不到她的身体，也有纸笔可以陪伴。

她接受了我的建议，也照做了。下一次与她交谈时，她已经和路德维希解决了问题。当我乘飞机离开那座城市时，她在机场和我见了面，往我手里塞了一沓信，都是她“圈子”里的朋友写的，其中也包括贝多芬。她叫我等到起飞后再打开信，而且绝不能把内容透露给任何人。

而我也从未泄露过。

愤怒

“这就是托斯卡的吻！”

在普契尼一九〇〇年所作的歌剧中，

弗洛丽亚·托斯卡说着，刺死了斯卡比亚男爵。

我从未见过一个从没动过肝火的人。“愤怒”甚至是我们个性中“独有风味”的组成部分，就如香槟瓶中的沉淀物一般。酒中有它，尝起来必定风味十足。

要试图把愤怒从音乐中单独拎出来，未免过于艰难，但有一些作品确实能和听者投射出的愤怒形成完美的共鸣。比如在暴躁的时候，我会在贝多芬的《艾格蒙特序曲》中寻求发泄。我不是斗士，但听管弦乐团跟着乐谱猛烈敲打音乐，确实能够涤荡心灵。这总比拿纸和糨糊粘的砖头砸电视要好。有时候，我偶尔也能理解为什么某些睾酮过剩的司机会把自己的车变成吵闹的音箱。

说到这，古典音乐能让你大吃一惊：它并不能平复心情。它之所以吸引人，不是靠麻痹我们的反应。而是它确实有开启精神之窗，让我们逐一自我审视的功效。

但我们从中所看见的经常不是好东西。为什么会这样说呢？你也开始发现了，作曲家一般都不怎么平静。甚至可以说，他们都带着被压抑的愤怒。怒气是一定要发泄的，而一张空白的手稿必然是很好的发泄对象。你不会因袭击自己的交响曲而被捕。不过，当我们怀疑音乐在袭击我们的时候，事情就开始升温了。

聆听并沉迷于美好的音乐确实很能涤荡心灵，但这不意味着它能让我们变成更好的人。千万别听那些势利鬼的话，以为他们“懂”巴赫或施托克豪森[①]而你不懂，你就低他们一等。相反，如果有白痴因为有人不懂巴赫或施托克豪森而对他们大加指责，你要保持冷静。至少，努力忍住，别踹他们。

人们先前相信古典乐有“使人高尚”的功效，但斯坦利·库布里克在一九七一年改编安东尼·伯吉斯的小说拍摄了电影《发条橙》，粗暴地推翻了这个概念。这部电影中对“极端暴力”的刻画为自身招致的恶名直至今日仍在流传。更挑衅的是，电影用贝多芬的音乐（“亲爱的路德维希·凡”）来刺激剧中头号黑社会头目的暴力幻想和狂暴行为。这就说明，不知怎的，好音乐对你也可能有坏影响。

归根结底，音乐的功效还是取决于听者。我可以很确

① 卡尔海因茨·施托克豪森（Karlheinz Stockhausen，1928－2007），德国作曲家、音乐理论家，对战后严肃音乐创作领域有着巨大的影响。

定地说，听贝多芬的《第九交响曲》不会让你变成精神病。最近去听音乐会，中场休息到吧台喝酒时，我也没看见有人扭打在一起。但在辞世两百年后，贝多芬依然是西方音乐中不可忽视的头面人物。这是因为他的力量能够深入我们的人性之酒，拨动瓶底愤怒的沉积。

我将扼住命运的咽喉

就在那个鲜红的角落，正是他本人：矮小（一米六五），好斗，上拳击台前跃跃欲试，精神百倍地往拳台的痰盂里吐着唾沫。他的对手站在黑暗的角落里，那个修长匀称的半透明身影正是命运。命运看上去有些摇摆不定，他前几轮里对作曲家双耳的攻击很不上台面，但也非常有效。我们来自波恩[①]的轰炸手从台边的绳索上弹了回来，手套也掉了，比赛的大半时间里都把从未落败的冠军选手打得满地找牙。

就像所有伟大的斗士一样，贝多芬受着愤怒的驱使。从他的画像里你就能看出来，尤其他年岁渐老，就更明显了。他眼中带着“我疯透了”的神色，发型桀骜不驯。在他的音

① 德国西部城市，贝多芬出生地，1949 至 1990 年间是联邦德国的首都。

乐里也能感受到那愤怒，就像捏紧了拳头捶打桌面。每个人在人生中都会感受到这种愤怒，愤怒于命运对我们的不公。

我说的不是什么小打小闹的不快，虽然鸡毛蒜皮的小事也能让贝多芬怒发冲冠，这从一七九五年的钢琴曲《丢失一分钱的愤怒》就可见一斑。不——我说的是勃然大怒。每个人都为贝多芬与命运的扭打加油喝彩，因为在这至高的战斗中，他是为我们所有人在战斗。

面对命运的下作手段，有些哲学和宗教劝说我们要消极接受。我们应该逆来顺受，熬过艰难时日。这不是贝多芬的风格。他绝不会温和地走入任何人的良夜。

你当然知道这场较量的结局。命运纯靠耐力，撑到最后获得了胜利。但贝多芬直到一八二七年末都一直憋着力气，准备随时给命运一个上勾拳。据说，他临终那天外头风雨交加，他躺在病榻上，轻蔑地向窗外的雷声挥舞拳头。

在这样一本书里，贝多芬是一个不可或缺的人生榜样，但同时也很难处理。做一个"榜样"意味着与某种价值和解，多少有些随波逐流。贝多芬则希望世界屈服于他，这一方面给他带来了辉煌的音乐成就，同时也意味着在人生的其他方面总有波折。想要轻松地调侃贝多芬很难，这还可以看出我们心中对他的成就怀有多少敬意，同时也可以看出一代代的作曲家和观众将他捧上了多高的神坛。

现代艺术家的形象依然是以贝多芬为榜样建立的。他确实是第一个自称为“艺术家”的人。这个形象你应该很熟悉了：一个头发凌乱、有着某些官能障碍的叛逆者，对老派思想和传统做法嗤之以鼻，在社交聚会上口无遮拦，邋里邋遢，窝在少有人迹的阁楼里，创作颠覆世界的幻想作品。

这种形象早在贝多芬离世前就已经建立起来了，好几代过去了，我们还是把他当作是摇滚巨星的楷模和榜样。他们在视频录像里怒容满面，发泄着满身的肝火。在现代艺术界，做一个愤怒的男青年或女青年，就意味着极富创造性，且总是亵渎权威。

这种时髦的不满态度被我们称作是“艺术家性情”，却和贝多芬相去甚远。他确实是焦虑烦恼的老祖宗，但我们得把事情捋清。路德维希之所以举足轻重，不是因为他使我们相信他独自承受了这个世界的折磨，而是告诉了我们，每个人都在命运的困境里。如果他还告诉了我们什么，那就是生活可能很操蛋，但如果能紧握住命运的咽喉，事情也能柳暗花明。

贝多芬是古典音乐中的励志演说家，他所传达的信息也极具力量感。管弦乐团很清楚这点，演奏那些交响曲和协奏曲的贝多芬音乐节至今仍能吸引来大批听众。看看贝多芬作品演奏结束后的观众就知道了，你甚至能在人群中找到几位高管正碰拳庆祝，确信第二天的谈判必定成功。音乐会上疲惫的观众突然神采奕奕，掌声未落，他们就冲向火车，胸中满怀崭新的决心。如果没能达到这种效果，贝多芬将大失所望。因为正是他慷慨地告诉我们，个人意志在这个冷酷无情的世界中具有多大的力量。

巴赫神父[①]让我们保持冷静，等到达彼岸，我们将万事顺心；路德维希却高喊着让我们立即采取行动。他所寻求的是伟大的比试，即使胜者并不会得到物质上的奖赏，最多不过偶尔得到一盘小牛肉汤。在他而言，胜者得以保有丝毫无损的品格与自然天赐的自由，这都是民主的理想。请别带枪，坚持往前走就是了——期间撞上几堵南墙也无伤大雅。

这能保证快乐吗？这大概是无关紧要的，虽然贝多芬《第九交响曲》的末章让整个世界歌唱着《欢乐颂》。倒不如说这一切的过程，也就是“生活”，才是这里的核心。你可能在东方哲学书里读到过类似的理念，但在音乐中听到同样的观念，确实不亚于当头棒喝。

英国指挥家汤玛斯·比彻姆爵士显然认为贝多芬是罪魁祸首，导致后来笼罩音乐界的“狂怒”风潮。这种观点有一

① 这里指罗兰·布莱腾巴赫，一位德国的罗马天主教神父。

个潜藏的前提：在这个不修边幅的德国佬出现以前，音乐是很“美好和善”的。我虽然很崇敬比彻姆，却还是觉得他这话的脂粉气过浓了。贝多芬的音乐几乎有种前所未有的肉体性，仿佛音乐本身在汗流浃背；自然，我们有时会在这些音乐里嗅到令人不快的味道。但在这些形而上的试炼背后，是愤怒在推动着他。你会发现，他确实要应付不少难关。

换做是你，你会不会生气呢?

如果你的童年一团糟

一七七〇年十二月十七日，路德维希在波恩受洗。他的父亲是毫无名气的男高音，在宫廷任职。他发掘了未夭折的长子的才能，同时也痛恨他的天才。贝多芬的童年很可能是充满暴力的。贝多芬也觉得母亲对自己没有多少爱意。这有可能是因为疾病，他十六岁时，母亲就死于结核病。父亲又变本加厉地酗酒，很快家财四散，还影响到了他的工作。

在这一团混乱中，十八岁的贝多芬接过了家庭大权，请求掌管父亲一半的薪水以抚养两个弟弟，以免父亲把这笔钱都花在了当地的小酒馆里。仅三年后，老贝多芬便去世了。路德维希甚至没在日记里写上一笔。

可以理解，经历了这样的童年，一个高度敏感的人身上会背负多少“包袱”。余生中，贝多芬将一直无法很好地处理与权威的关系，包括善心的学校老师，如弗朗茨·约瑟夫·海顿，他教了贝多芬一年，其后，贝多芬终其一生都在非难他；以及王子（见下文）。当时，贵族的资助和支持仍是作曲家稳定收入的最好保障。因此，贝多芬这种性格对他的事业很是不利。要是贝多芬能躺在现代精神病学家的沙发上接受询问的话，他肯定会是一个潘多拉的魔盒。这样一来，我们就要说到：

你快要成为一个成功的音乐家了，结果失了聪

这当头，命运差一点就让贝多芬早早地一蹶不振了。在十八世纪九十年代烟雾缭绕的维也纳，贝多芬正作为一个钢琴家崭露头角，他那惊人的即兴创作能力和爱把琴弦敲断的倾向令他名声在外。当时，他是上流社会最得宠的派对琴手，在贵族家中的沙龙演奏，不久又在新潮的大众音乐厅办了几场成功的演出。一众妙龄匈牙利伯爵夫人是他的学生。夏天，他是贵族避暑庄园的座上宾，出版商争相抢夺他的作品（他最早的几部钢琴协奏曲和早期的室内乐作品都创作于这个时期）。他的收入也颇为丰厚。年未届三十，他就从一个波恩来的毛头小子变成了炙手可热的新星。

即使在这些无忧无虑的好日子里，贝多芬也开始察觉到了自己潜藏的听觉问题。一八〇一年，他的听觉已经恶化到难以出席社交活动，因为在派对上与人闲聊几乎成了不可能的事。最残酷的讽刺是，在身体能力退化的同时，贝多芬还清楚地知道自己的创作能力正快速进步。一八〇二年，在他孤注一掷地在维也纳的郊外乡村度假养病时，贝多芬给两个弟弟写了一封长信。这封信被后世称作“海利根施塔特遗书”，半是遗嘱，半是对人世的道别（但也否决了自杀这个选择）。他在信中描述了这场病给他带来的毁灭性影响：“正如秋叶飘零凋落，我的希望也弃我而去了。”

接下来的十几年间，贝多芬持续不断地受到耳鸣的折磨。到了一八一五年，他几乎全聋了。朋友在和他聊天时，必须把话写在本子上。一八二四年，《第九交响曲》首演时，作曲家完全没有意识到观众们在背后献上了如雷的热情掌声，必须由别人带他转过身，才能向观众致意。

你所不齿之人却受命运厚爱

当时，贵族的慷慨馈赠逐渐不再是作曲家们得到的唯一支持。在最早的一群宣称阶级地位没有才华重要的艺术家中，就有贝多芬。当时浪漫主义正开始涌现，而贝多芬就是活生生的艺术家英雄的理想范例。他也成了浪漫主义的旗手。即使奥地利王子卡尔·李赫诺夫斯基对贝多芬赠以重金，温言劝慰且承诺演出机会，作曲家仍然在一封一八〇六年的信件中傲慢地提醒他的赞助人："王子有成百上千位，贝多芬却独一无二。"

你全无女人缘

由于听力有损，社会地位又低，贝多芬怎么也算不上是维也纳的年度钻石王老五，毕竟当年血统仍是最重要的；另外，他的性格糟糕得连男性朋友也无法和他同住。毋庸置疑，他几近绝望地渴求着一位能与他共度余生的伴侣；他唯一的歌剧作品《费德里奥》直白地唱出了对婚姻的赞美。

但他所倾心的女人不是对他无意，就是碍于身份不能与他相守。至少有一位已为人妻的女子，很有可能是贝多芬在一八一二年所写的著名信件的收件人。这封信在贝多芬逝世后，在他的纸堆里被发现，题头写着"致永远的爱人"。这代表了作曲家此生中一个令人悲伤的关键时刻，这遭遇是有可能发生在任何人身上的：他意识到或确信了他绝无可能得到他期待的回应。无怪贝多芬深深堕入抑郁之中，几乎多年没有任何创作，直到他决定必须再一次用艺术来填补这空白（他对失聪的应对与这如出一辙）。一八一六年，他在日记中写道："你可能再也不算一个男人……因为如今你在任何地方都找不到幸福，而只能从自身，从你的艺术中去找寻。"

你崇敬的人让你大失所望

贝多芬极敬仰拿破仑，也很支持将军为建立法兰西共和国所做的努力。一八〇三年刚开始创作第三交响曲时，他将其命名为《波拿巴》。这部史诗般的作品与同时代及此前的作品相比，篇幅较长，爆炸性地颠覆了许多音乐上的惯例，丝毫不受框架桎梏，就像梵高画作的笔触一般汪洋恣意。

一八〇四年五月，矮小的拿破仑臣服于他十分高大的野心，称帝登基。贝多芬获知消息后勃然大怒；他那位解放人民的英雄成了又一个垂涎于权力的暴君。他拿起新交响曲的乐谱，划掉标题上的"波拿巴"，用力过猛，笔尖划破了纸面。他最后以《英雄交响曲》之名发表了这部作品，并称这部作品的面世是为了"缅怀一位伟人"。

你的弟弟和他租客的妻妹有苟且之事

我觉得这件事和王子之事不无相通之处。如果冷酷无情的生活使你的欲望不得满足，见到他人称心如意就会让你满怀怨气。拿贝多芬来说，他就因此成了一个多管闲事的老古板。

一八一二年，当他听说自己单身的三弟约翰和同龄的单身女子之间有风流韵事时，作曲家连忙赶往林茨，想拆散这对鸳鸯。他对弟弟破口大骂，可能是因为后者让他别在这儿多管闲事。贝多芬随即拜访了当地主教，而后是政府部门，最后去了警察局，想让他们把那女人赶出镇子，直到约翰迎娶了他的情妇，摆平了这场闹剧。路德维希被弟弟的公然挑衅伤了心，退居维也纳。当时他正在创作《第八交响曲》，这可能是一系列交响曲作品中最轻快的一部。

餐馆服务上不得台面

如果餐馆给你上错了菜，你会怎么样？是收下这盘菜，或是礼貌地提醒侍者让他把菜退回去？贝多芬两种方案都没选；当他在一个叫“天鹅”的维也纳酒馆被上错了菜，收到一份炖牛肉时，作曲家端起了晚餐，将它倒在了侍者头上。

你做不了父亲，还做不了好的监护人

仅仅做糟透了的哥哥还不够，贝多芬还证明了他在搞疯弟妹和侄子方面也同样天赋异禀。一八一五年，他的二弟突然离世，留下一个九岁大的儿子，名叫卡尔。路德维希叔叔决定做侄子的监护人。他和卡尔的母亲打了一场长达五年的官司，争夺单独监护权，其间几次控告她挪用钱物、出卖身体和盗取钱财。这锅诋毁的大杂烩最终起了效。一八二〇年，官司终于尘埃落定，贝多芬胜诉。

这是他最后一个得到家庭的机会，他一直认为命运从他那里夺走了这种可能。但伟大的作曲家并不能把所有事都做到完美，而路德维希较不擅长的技能之一就是做一个好的养父。一八二六年，侄子卡尔向自己的头开了两枪，但他自杀失败，而后被交还到他母亲手里照顾。

你想好好喝一杯，但你能喝的只有药

即使贝多芬在他最后的一系列杰作中探索了新的音乐领域——其中包括最末几部钢琴奏鸣曲、《第九交响曲》和最后几部弦乐四重奏——他生活中的其他事物却越发严重地陷入混乱之中。住在维也纳的那些年，他换了不下四十个房东。几十个仆人是遭了报应才受他雇佣，他的邋遢和坏脾气把他们折磨得苦不堪言。他的朋友们有时要趁他睡着，才能给他换一件衣服。

承受着这等压力，人是必定要崩溃的。事实也确实如此：贝多芬严重酗酒，五十刚出头，肝脏就开始坏了。一八二七年三月二十六日，他死于肝硬化。在他生命的最后几周，某位主治医师给他开了冰冻酒精混合果汁以促进睡眠，令他大喜过望。贝多芬热情过分高涨地遵医嘱行事，最后导致了他的早逝。

这只是贝多芬故事中的一小部分。任意一个从这五十六年中精炼出的不幸时刻，读来都必定让人心情低落；其力度胜于我们每个人都会经受的琐碎与不快，而我们常常因这些小小的不快就停在半途，不再前行。前行途中遇见这许多小小阻碍，我们就很自然地觉得再没有可能吃到眼前挂着的那张空空的人生大饼。这让我们意识到，我们所拥有的不过是普通的人生。

贝多芬这样的非凡之人可能会觉得过着毕德麦雅[①]式的平凡人生，享受着明信片风景一般的乡下木屋，能让自己感到安心。但实际上，他很长一段时间毫无创作产出，这是因为他承受着多年抑郁的折磨，更要面对消磨意志的生活琐事：为争夺侄子而打的许多年的官司就是其中一例。除此之外，他还受到“格格不入”这种感觉的折磨，这来源于耳聋带来的被社会孤立的感觉，或许还有灭顶的孤独感。外人看来，他对生活应付得不是很好。无怪乎他想伸出手去扼住命运的咽喉。

在生活的搏击台上，我们每个人都会受到对面阴暗角落里的对手挥来的阴险一击。从这个角度来说，所有人的生活都是平凡的。然而，采纳贝多芬的建议与对手正面冲突，并不意味着一定会胜利。他的独特优势就是将他的音乐当作大

① 多指文化史上的中产阶级艺术时期。

棒，在追寻真理的道路上一路硬闯。他的音乐涂鸦本上满是战斗的伤疤。他的许多作品都不是一蹴而就地流淌到纸面上的，经历删减、修饰、涂抹和重写，灵感才被雕琢成最终的精致模样。我们自以为清楚自己的渴望，但要最终找到正确的解决方式，这需要痛苦的劳作。如果贝多芬身上有任何超凡的特质，那就是他努力的精神。

看着贝多芬对自己的涂鸦这样的挣扎纠结，我们从中获益良多。即使我们自认为清楚自己最开始想要什么，要找到正确的道路也需要痛苦而漫长的努力。在这方面，自省能很好地帮助我们与自己对话。创作艺术家就是通过这种自律，在看似普普通通的独自枯坐的时候，将思想变为符号，写到纸上或敲到电脑屏幕上。作曲就像生活，那是通往内心的旅途，并在途中不断地寻求方向。

如果世事艰难，生活的不公让你充满怒气，那就听听贝多芬的《英雄交响曲》。他在写下“海利根施塔特遗书”后创作了这部作品，试着接受了他逐渐恶化的耳聋症状，同时，即使面对这样的厄运，他依然尝试坚持勇往直前。这部交响乐的开头并不是简单的开始；它像几招惊人的上勾拳似的引爆了整首乐曲，让我们在这存在性的激烈斗殴中占据上风。他的音乐充满了这样必杀的招数，就像他的《“悲怆”钢琴奏鸣曲》Op.13 的第一乐章，《爱格蒙特序曲》的结尾，以及《第九交响曲》最后一个乐章的开头。听后，你会觉得心中充满了无往不胜的力量。

控制不住了

瓦格纳以他标志性的直率口吻说过这样的话：“我和其他人生来就是不一样的。”确实，他成了所谓“艺术”性情的标准榜样：行为不端、脾气暴躁、颐指气使、气急败坏。按这个定义，不少三岁孩子都很艺术。他们可能是伟大的音乐家，但你真的想认识这样的人吗？

最著名的指挥大师阿尔图罗·托斯卡尼尼的惊人成就是通过恐怖统治实现的，他在美国的NBC交响管弦乐团工作时是最夸张的时期，那时候他是一个不折不扣的独裁者。乐手们会充满恐惧地看着他因不满而大发雷霆，将眼镜、指挥棒和怀表踩得粉碎。最后，他们送给了他一个纯铸铁做的表，上面刻着“排练用”的字样。有一次，托斯卡尼尼被迟钝的女高音气得发昏，直接冲上了舞台，抓住了她据说十分傲人的胸部，大喊道：“如果这些是脑子就好了！”

管弦乐团也有倒逼指挥的时候。在上台前一刻，都灵歌剧管弦乐团突袭了指挥和管理人员，宣称如果不满足他们的费用要求，就拒绝演出。指挥彼得·马格戳穿了乐手们虚张声势的假象，上了台，向起哄大闹的观众解释了情况，并称他会用钢琴为表演伴奏。当晚的表演大获成功，管弦乐团灰溜溜地回了家。

在同年代的人眼里，十八世纪的意大利指挥家兼小提琴大师弗朗切斯科·韦拉奇尼有些疯癫。一七二二年，韦拉奇尼在怒气上头时，从三楼的窗户跳了下去。后来，摔瘸了的指挥家声称，有人计划了阴谋诡计，要害他性命。

马利亚·卡拉斯[①]以她的歌喉与脾气广为人知。一九五一年，她用青铜镇纸袭击了一位巴西的演出经理，因为他把她在普契尼的《托斯卡》里出演的角色给了另一位女歌手。一九五八年在罗马，她在表演完贝利尼所作《诺尔玛》的第一幕后中途离场，只因当时剧团对她招待不周。意大利总统当时也在观众之列。

一九四五年，墨西哥国立歌剧院的主低音伊格纳西奥·鲁菲诺发现排练间隙有空闲时间，决定去当地电影院看一场日场电影。入座时，他发现妻子坐在不远处，在黑暗的笼罩下，与自己的挚友举止亲密。意识到在电影播放期间与他们谈话并不现实，鲁菲诺掏出了左轮手枪，直接把男方打死。

---

① 马利亚·卡拉斯（Maria Callas，1923－1977），美籍希腊女高音歌唱家，20世纪最伟大的歌剧女王。

由于犯下了激情杀人罪，这位歌唱家被逮捕了，但从未被起诉。鲁菲诺获得了墨西哥社会对他的支持，得以继续在歌剧院演出，并愉快地与妻子重归于好。

地狱中没有怒火

当贾科莫·普契尼不断让他歌剧中担任女主角的女高音落得悲惨下场时（见《爱情》一章），最悲惨的一个结局却落在他自己身上。他自己的爱情生活就可以成为不少歌剧剧本的灵感来源。

一八八四年，他和艾薇拉·杰米纳丽私奔。她是普契尼家乡卢卡一位商人的妻子。两年后，艾薇拉虽还只是他的情妇，却怀了他的孩子。他们无法结为合法夫妻，直到一九〇四年艾薇拉的丈夫离世后，情况才有所改变；这就是十九世纪信奉天主教的意大利的现实。

一八九三年，当歌剧《曼侬·莱斯科》大获成功，为普契尼带来名望与第一桶金时，作曲家就开始管不住自己的眼睛，并开始屈服于名气为他带来的诱惑了。当普契尼的风流韵事发生在远离他们位于托雷德拉戈的家时，艾薇拉倒还能睁一只眼闭一只眼。但她的嫉妒不断滋长，到了一九〇八年终于爆发，导火索是她以为自己丈夫正和自家侍女偷情。

在这件事上，普契尼虽是清白的，普契尼太太却怒气不减，照样处置了年轻的多莉亚·曼弗雷迪。她的诛心手段十分狠辣，那名年轻女子在一九〇九年一月份便自杀了。随后的法庭审理成了意大利的大丑闻，死者被证明了是彻底清白的，法院命普契尼给女孩的家人一大笔赔款，同时判艾薇拉入狱五个月。

普契尼的下一部歌剧《西部女郎》次年首演，讲述了一个美国牛仔的浪漫故事，结尾是有情人终成眷属——在普契尼的歌剧中，这样的结局实在少见。

愤怒的暴徒

普契尼说过："观众们要是一个个拎出来，都是好人。但一旦聚到一起，释放了对邪恶的渴望，他们就是一群暴徒。"如果你害怕受大众非难，或者有时候意志不坚，那就别做一个坚持让自己的作品见诸世人的作曲家。

虽然多年来罗西尼的歌剧《塞尔维亚的理发师》是同体裁作品中最受欢迎的一部，其一八一六年的首演却是个大灾难。戏一开场，口哨声和喊叫声就把演员的歌声淹没了。作曲家在乐池入座时，全场嘘声大作。在第一幕终章，某个主演在台上走着猫步，唱着歌，不小心摔下了敞开着的机关门。

普契尼《蝴蝶夫人》一九〇四年在米兰斯卡拉歌剧院的首演也遭遇了舞台事故。穿着和服的蝴蝶夫人在台上旋舞，结果转得太快，裙子翻飘到了她头上，那一幕很像玛丽莲·梦露在《七年之痒》中的连衣裙场景。一个观众大喊道："蝴蝶夫人怀孕了！"表演在一连串猥亵评论和下流模仿中继续了下去。帷幕最后落下时，观众席上没有掌声，只有大笑。普契尼到更衣室里躲了起来；随后离开时，他把指挥的总谱也带上了，想阻止剧院的第二次公演。

一九一三年斯特拉文斯基的芭蕾舞剧《春之祭》在巴黎首演。这可能是音乐史上最著名的首演惨败。刚开场一会儿，观众就闹了起来，最后吵得不可收拾，连台上的舞者都听不见旁边管弦乐团的演奏声，只能听到两翼打拍子的声音，那场景就像舰长朝划桨的船员喊话一样。观众相互辱骂着，拿着伞扭打在一起。斯特拉文斯基的支持者喊声也不小。同是作曲家的弗洛朗·施米特对观众台大喊"闭嘴，你们这群婊子！"随后几星期，斯特拉文斯基都在疗养院修养。

公众对这些作品的态度很快都有所好转。罗西尼和普契尼的歌剧在几周内就广受好评，使他们赚得盆满钵满。斯特拉文斯基的《春之祭》是二十世纪艺术作品中的瑰宝之一，毋庸置疑。他活得长，还赶上给美国歌手法兰克·辛纳屈以及教皇签了个名。

悲伤

这就是我们最美的音乐，是最能倾诉哀思的曲调。

——珀西·比希·雪莱《致云雀》(一八二〇)

如果我们和奥斯卡·王尔德以及伊戈尔·斯特拉文斯基意见一致，认为音乐不具有任何含义的话，那么音乐这种本质上抽象的作品所具有的激发情感的功效，就完全取决于听者的感受力。换句话说，听者越是感动，越证明他是一个敏感的人。十九世纪，英国政治家兼记者威廉·科贝特就说过："对音乐的强烈喜爱意味着极度软弱以及极端空洞的精神。"对于像我这样，被音乐激起的最强烈反应依然是情感上的反应的人来说，这样的断言实在有些尴尬。

但究竟是音乐"找到"了情感，还是情感"找到"了音乐呢？这很难说。虽然本书推荐了一些作品，但还是不能保证任何一个作品能够让你快乐。这从管弦乐指挥家的表情上就可见一斑，他们毕竟很清楚接下来表演的内容，但看上去对此也没多开心。

那么，音乐能让你悲伤吗？我觉得这就取决于你当时心灵有多脆弱了：自从多年前在巴黎的一个春季午后，为一支手风琴曲落泪以来，我就再也没有类似的经历了。但小六角手风琴还是会让我潸然泪下。许多世纪以来，人们都在寻求这个问题的答案，从塞万提斯（《堂吉诃德》中写道“歌唱的人能将悲伤与痛苦驱走”）到莎士比亚（《威尼斯商人》中写道“听到甜美的音乐时，我从不会快乐”）莫不如此。自然，音乐也很愿意以各种形式描述哀伤。悲哀、悲痛、遗憾、自厌：音乐的织毯上满是黑色的丝线。

人们可能会以为作曲家的生活尤其为悲伤所困。实际上，我们的生活和他们一样不快乐；他们只是看上去更痛苦一些，因为糟糕的口腔卫生第一个毁掉的就是微笑（回头想想，二十世纪的作曲家也不爱笑）。当然也有例外，有些作曲家的一生和他的所有作品都充满了悲伤。这种悲剧生活的其中一位标志性人物就是彼得·伊里奇·柴可夫斯基。

> 命运永远悬在我们的头上，不断使我们的灵魂变得苦涩不堪。
>
> ——彼得·伊里奇·柴可夫斯基，一八七八年

今天，全世界都热爱柴可夫斯基。在自己的时代，他也很受欢迎，甚至被奉上神坛。名人与官员对他的肯定却不

能提振他的精神；他十分痛苦，对自己的作品充满厌恶和怀疑，对人生的苦短充满悲观。他的音乐总是充满遑遑的悲剧感，即使是大调作品也难以幸免。听他的芭蕾作品《胡桃夹子》开头的双人舞，就能听出那是不断下行的大调旋律。乐曲节奏很慢，但它听起来本应很快乐；教堂的钟声听起来该像庆贺的响声一样。但在柴可夫斯基手里，效果却截然相反。旋律随后变成对应的小调，听起来让人很是松了口气。

辉煌的《弦乐小夜曲》开头十分华丽，但听起来同样让人有点不舒服。这些强颜欢笑的幸福从来都不会持续太久。他的早期作品集里有一首交响诗《命运》，有一部《忧伤小夜曲》，还有他的收官之作《悲怆交响曲》，结尾听来充满悲痛，十分消极。（得对柴可夫斯基公平点，这标题是他兄弟取的，在俄语中，它的含义比“悲怆”要富有激情得多。）

然而，音乐之美印证了前文雪莱那句充满诗意的断言。柴可夫斯基到底是用什么吸引了我们？很简单：他的一些作品可以列作史上“最甜美的歌曲”，他就是有办法在最合适时机给我们最合适的旋律，甚至可以在不合适的时机给我们最合适的旋律，比如他的第一部钢琴协奏曲的开头就有一段永恒的旋律，由管弦乐团伴着钢琴的和弦编织而出，却随即被丢在一边，再也没有被提起过。必须是充斥了灵感的大脑，才能创作出这样无与伦比的音乐，然后将其弃之不顾，只因还有太多灵感需要展示。

柴可夫斯基一直受到某种紧迫感的鞭策，他总想与时间赛跑。即使在四十过半之时，他也还是会写到人生之短暂和未竟之事业："我们不断推迟种种事端，同时，死神就在拐角处流连不止。"走向终结的每一天都会让他消沉不已，他最后写了好几本日记，作为年岁的纪念品。后来他担心有人会看见日记的内容，于是又亲自确保大部分日记都被销毁。

柴可夫斯基有四个兄弟，他的父亲服过役，是一个十分成功的采矿工程师，他的职业道路自然已经被家里清清楚楚地定了下来。在十九世纪中期俄国的优渥中产阶级家庭眼里，"作曲家"对他们的儿子来说自然不是什么好职业。年轻的柴可夫斯基会在家里的奥开斯里特翁琴上玩弄音乐，敲敲打打好几个小时（这是一种家用汽笛风琴，这种崭新的奇妙发明由铃铛和汽笛组成，能演奏旋转木马的曲子）。他还会抱怨没法把卡在自己脑子里的音乐赶走；但毕竟每个敏感的孩子都喜欢胡思乱想。

一八四八年，他在外省度过的平静童年被打断了。老柴可夫斯基拖家带口地来到了圣彼得堡。他原本是去那里接任一份新工作，没想到却被人骗了。这样一来，彼得只好与他十分喜爱的家庭女教师范妮·迪尔巴克分开。他在新学校很不快乐，随即又因麻疹而卧床六个月。到了一八五四年，母亲因霍乱而去世，性情敏感的少年悲痛欲绝。

音乐成了他的安慰。柴可夫斯基在钢琴上即兴弹奏曲目，虽然技巧知识还很欠缺，他仍试着写了一些作品。一八五九年从学校毕业后（成绩平平），柴可夫斯基在司法部谋了一份办事员的差事，在那里工作了四年，下班后在镇上拈花惹草。直到二十一岁，柴可夫斯基才正式开始学习音乐理论。甚至连柏辽兹起步都比他要早。

虽然花了很长时间，但柴可夫斯基一旦找到自己的人生目标，他那无穷无尽、久遭荒废的创造力就猛地活了过来。这是一个总担心时不我待，来不及把充斥头脑的灵感都倾泻而出的人。全身心学习音乐两年后，他就已经在莫斯科音乐学院讲授和声课程了。到一八六九年，他已创作出第一部巨作，即《罗密欧与朱丽叶幻想序曲》（讲述的还是那个最伟大的爱情故事之一）。受到鼓舞的他迎来了十九世纪七十年代，其间创作出一系列作品，包括《斯拉夫进行曲》《第一钢琴协奏曲》《小提琴协奏曲》《第四交响曲》，他的第一部芭蕾舞剧《天鹅湖》以及歌剧《叶甫盖尼·奥涅金》。音乐就像从水龙头里流出来的水一样源源不尽。

与此同时，其他方面的压力正不断高涨。柴可夫斯基是同性恋，由此所带来的挣扎一直都是他人生中最具戏剧性的部分。在他的时代，同性恋在俄罗斯是一项罪名，甚至可被判罚流放西伯利亚。作曲家想压抑这部分天性，原因似乎比恐惧流言甚至定罪更为复杂，但在圣彼得堡和莫斯科这样的大城市，机会总是有的。他受制于那个时代的道德，对他的“癖好”深怀负罪感。他对这“癖好”的描述也充满矛盾，它时而是“自然的”，时而又是“通往幸福道路上最大的阻碍”。

一八七七年，柴可夫斯基想一劳永逸地解决这个问题。他的手段极度的绝望而幼稚。他宣称一场婚约能平息围绕他的所有流言，随即与一个精神不稳定的年轻女人结婚了。她曾给他写信，威胁如果他不见她，就自杀了事。初次见面后不到一个星期，他就向她求婚了，虽然心中明知自己不可能与她有任何肉体关系。

噢，彼得。他可能在蜜月之夜就这样告诉她了，他们可能坐在莫斯科往圣彼得堡的火车上。肯·罗素关于柴可夫斯基的电影《乐圣柴可夫斯基》中有一幕，充满期望、赤身露体的柴可夫斯基太太在他们公寓的地板上滚来滚去。在现实中，作曲家“几乎在高声大叫”，而他的妻子衣着整齐、僵硬地端坐着。这场婚姻甫一开始就是一场灾难，没过几天，柴可夫斯基就处在了崩溃的边缘。十月初，他走进结冰的莫斯科河，想以此染上肺炎。几天后他逃离莫斯科接受弟弟的照顾，几乎彻底精神失常。医生建议他永远不要再见他的妻子；这个明智的建议让他很快恢复了健康。一八九六年，柴可夫斯基的前妻被诊为发疯，一九一七年死在一个疯人院里。

在这段彻底失败的婚姻期间，柴可夫斯基与另一位女人还有一段关系，比许多婚姻关系更为清白，情感上更亲密。他与一位名叫纳德达·冯·梅克的女人有书信往来。她是个富有的寡妇，亡夫是铁路巨子。她对作曲家的崇敬中包含着颇为强烈的爱情。她表达爱情的方式是给作曲家开了一份丰厚的资金，支持他的生活长达十四年（一八七六至一八九〇），这在某种程度上赞助了《第四交响曲》及《第五交响曲》（他将前者题献给她），以及《弦乐小夜曲》和《意大利随想曲》的创作。她虽不在身边，却是他悲伤流泪时所依靠的臂膀——意味着她的肩头从来就没干过——还为柴可夫斯基提供了好几套房产，她是那里从不见人影的女主人，而他在那里独自工作、独自哭泣，不需付她租金。除了两次意外瞥见，两个人从未见过面。

这位作曲家在家时坐立不安，离家时却多乡愁。婚后几年，他在欧洲到处环游，手握丰厚的资助。这些钱有的来自俄罗斯音乐协会，有的来自他的赞助人梅克夫人，后来还有一笔来自沙皇本人。他可以自由自在地终日谱曲，但由于残酷的自我批评，这自由并没为他带来多少快乐。“我一事无成。”他会写，“我是不是已经江郎才尽了？”多年以来，酒精一直都是他的慰藉。

他的音乐会巡演之旅远至美国。一八九一年，他在美国卡内基大厅的露天音乐厅指挥。他在指挥台上比一八六八年首次登台指挥要自如得多。第一次指挥时，他害怕自己的脑袋会掉下来。巡演开始前，柴可夫斯基的姐姐去世。在纽约的第一晚，悲痛欲绝的指挥家是在酒店房间里以泪洗面度过的。

挥之不去的抑郁让他过度忧虑健康问题。他抱怨自己失眠，“因中风而满脸通红”，偏头痛，浑身哪里都痛。“你没法想象有谁受的折磨比我还重。”一八七四年，他在给弟弟莫杰斯特的信中写道。他会说这种臆想疾病的冲动和任何身体病症一样，本身就是一种病。

我们不该揣测柴可夫斯基作曲是靠对着空白的纸面潸然泪下，看着泪水绽开成一个个音符。他通过音乐与自己对话，这给他带来了最强烈的幸福。通过观察作曲家的生活，可以发现辛劳的创作活动具有治愈人心的作用。当然，一旦放下了笔、画刷或雕刻的凿子，这些艺术家就可能显得有些心不在焉——手枪不小心走火，耳朵切了一半，或是（说到柴可夫斯基）翻倒的伏特加酒瓶——但要将思绪组织并编写如他的《悲怆交响曲》一样复杂的作品，需要的是绝对清醒的头脑。醉糊涂了可没法误打误撞地写出赋格。

这部交响曲就是一个好例子。在一八九三年二月开始创作以前，柴可夫斯基的精神状态极其糟糕。他写道："我对自己的信心已经粉碎，我的使命已经完结了。"而后创作的引擎又焕发了活力；三星期后，他已经在纸上写出了完整的第一乐章，其余乐章则已在脑海里构思完毕。他发现他胸中仍有生命的活力。在作品结尾，音乐在悲痛的重负下崩溃，但作曲家创作时的精神状态却极其高涨。柴可夫斯基对作品质量的评价反常地高，宣称这是他最好、"最真诚"的作品。十月二十八日，作品在圣彼得堡首演。即使观众和批评界对其反响平平，他也信心不减。

然而仅仅九天以后，柴可夫斯基就离世了，享年五十三岁。在这一点上，有许多流言与争议。他的弟弟莫杰斯特坚称彼得鲁莽地喝了一杯没烧开的水，因而死于霍乱，和夺取他母亲生命的疾病一样。虽然不清楚他究竟是无意还是有心喝下那杯水，但将《悲怆》比作是他音乐上的自杀遗书，确实是个很有诗意的想法。

另外一个同样无法证实的理论则见于一九八〇年，源自一位俄罗斯音乐学家的贡献。这个说法认为，柴可夫斯基即将被迫向沙皇"出柜"。告密者是一位贵族，在给沙皇的信中指控作曲家与自己的侄子胡闹。此信的信使是法学院的老校友，十九世纪五十年代柴可夫斯基曾在此学校上学。这位校友担心这个丑闻会让学院蒙羞，于是与其他的老校友安排了一场诡异的会面，作曲家本人也在出席者之列。这个奇怪评审团做出判决，认为必须要让柴可夫斯基立刻自杀，以保全学校的名誉。这个说法认为，作曲家死于砒霜。

由于只有粗糙的证据，我们可能永远也不会知道究竟是什么让作曲家如此突然地在五十三岁，在其力量巅峰之时逝世。本书中没有《神秘》一章，但在古典音乐的许多未解之谜中，柴可夫斯基的死因是一个很大的谜团。

感觉消沉?
来试试这些百试百灵的
柴可夫斯基抗抑郁剂!

《第六交响曲》结尾让你感觉有些糟糕——不远处就能提供帮助！去听听同一部作品的倒数第二乐章：这首进行曲高涨的精神可以冲破天际。去试试吧！这首曲子会轰鸣咆哮！《小提琴协奏曲》Op.35 的末章会让你起立欢呼，意犹未尽。这首曲子可是个战士。受赠者说这是不可能演奏出来的作品，一八八一年首演得到的评价之一是“这是刺耳的音乐”，后来的评价也没有太多好转，再后来它的地位直线上升。

悲伤很有趣

要表达“悲伤”，音乐有一种很简单的方法：用所谓的“小调”展现。小调音阶中的第三个音较低，比起明显更为快乐的大调，不知怎的便有种较为阴沉、悲伤、复杂微妙的效果。想象一下，若莫扎特的《g 小调第四十交响曲》开头用的是 G 大调而不是 g 小调，旋律听起来简直有些俗艳了。如果开头的痛苦旋律采用了小调，又在交响曲结尾变为“大调”重现的话，就带有一种胜利且光明的味道，暗示着问题已解决，充满挑战的过程也已结束了。

在歌剧里，角色只有在痛苦的时候才会体现出复杂性。快乐的歌剧女主角所能唱的内容远比考虑自杀或自认蒙羞的女主角要少。在普塞尔的《狄朵与伊尼阿斯》和柏辽兹的《特洛伊》中，古代迦太基的王后狄朵被伊尼阿斯追求时，听来十分愉快。但只有在他抛弃了她，好早早参团去意大利旅行后，她的音乐才真正精彩起来——她真真切切地要因悲伤而死了。在歌剧中，纯粹幸福的唱段一般都交给合唱团放在第一幕开头（背景一般来说是旅馆场景，或是静态的乡村场面），也有可能交给当地的丑角或奴仆一类的角色来唱。这些由底层阶级表演的快乐场景必定给衣着考究的主顾带来了些许安慰。

在音乐中，悲伤多是因失去了已有的事物，而较少因为野心没有得到满足。没有太多歌剧和交响曲讲述升迁失败的主题。爱情流逝、青春纯洁不再，以及传统的“迷失”都是相当常见的主题。

爱德华·埃尔加受悲伤的影响极深。他把他的悲伤埋藏在对已逝的昨日世界的乡愁之中，以及对早已不再的生活方式的怀念之中。面对这种物是人非的悲痛，我们能做的没有多少：逃离正在改变的世界，或忍受巨变的洪流。但对于一个在六十四岁高龄仍说自己“在心底还是个孩子”的人，要接纳未来的不确定性实在太过艰难。四十过半时，人生和事业状况虽然都在稳步上升，埃尔加却还在为童年而伤怀，写了两首配器简单的管弦乐小作品《做梦的孩子们》，标题来自英国作家查尔斯·兰姆的一篇论文。在论文的结尾，作者总结道：“我们一无是处，比虚无及幻梦更贫瘠。我们只是落空的可能性。”而写出这样的作品的作曲家刚刚创作出了《谜语变奏曲》，声乐套曲《海景》，及清唱剧《杰隆修斯之梦》——三年时间，创作出三部杰作。

埃尔加抓住了维多利亚晚期及爱德华时期英国的国民情绪：优渥富饶，偶尔因无法控制而爆发的骄傲，紧身马甲下拳拳跳动的爱国之心。当这一切都消逝后，埃尔加满怀遗憾；他的战后作品充满挥别之感，如创作于一九一九年的那部壮丽的大提琴协奏曲。当他深爱的妻子爱丽丝在一九二〇年逝世后，他失去了大部分的创作灵感，几乎再也没有写过任何作品，隐居乡村，靠着出席赛马会来自我平复。临终时，他对朋友下了自己一生的判词，其内容将永不为人所知。“只有五个词。”他的朋友说，“但对于大众来说，内容太过于令人悲痛了。”什么样的话语，才能拥有如此毁灭性的力量？

弗朗茨·舒伯特创作时就如老朋友一般，像坐在角落的矮矮胖胖的书呆子，低声嘟哝着充满智慧的话。只因他寿命很短，我想把他描述成一个悲伤的形象。我们经常想象那些天不予寿的人冥冥中已有预感，因此总是奋笔疾书。没错，舒伯特创作时总是匆匆忙忙，不怎么淡定自若。在三十一年的一生中，他写了几百首歌。如此推算，如果能再活几十年的话，他还能再创作出好几百首歌。

舒伯特非常受朋友喜欢。他经常光临威尼斯的一家咖啡厅，还在派对上弹的一手好钢琴；但除了这些赏心乐事以外，他的音乐总是笼罩在沉沉暮光之中，带有朝生暮死之悲，体现出他对爱之剧痛与被拒绝的痛苦有着深刻的理解。声乐套曲《美丽的磨坊女》中哀痛的叙述人深陷得不到回报的爱，经历了本书中所提到的所有情感，但他却只能靠自溺来获得平静。

这组套曲象征着舒伯特本人内心的混乱。一八二二年，他因妓女染上了梅毒，许多作品是他在医院接受治疗时写就的。当时的治疗方案使用了汞，会给人带来极大的痛苦，并令他部分头发脱落。他当时还年轻，读他的信令人心如刀绞：“我自觉是世界上最不快乐、最卑鄙可怜的造物……回到床上，我希望我再也不用醒来。”但舒伯特是个英雄，他坚持了下来——即使信心有所损伤。

分离之悲

舒伯特深受自责所困，而奥地利作曲家古斯塔夫·马勒超脱于生命及世界之上。他可能生来就受这种哲学的吸引，在儿时就宣称自己的理想是成为烈士。多年后，他成了西格蒙德·弗洛伊德的病人。他回忆起自己小时候曾因父母激烈争吵而吓得不轻，从家里逃走，猛冲到街上时，却看见有人操着手风琴演奏一首流行的威尼斯歌曲。他永远也忘不掉这庸常与痛苦并存的回忆。二十世纪滚滚而过，马勒的美学得到了更多人的共鸣。他们认为这个世界平庸、痛苦、美丽。

马勒的交响曲就像一场旅程，会花费掉一场音乐会大半的时间（共有九部交响乐，第十部是由他人完成的）。听着古斯塔夫如此袒露心迹，人总是会觉得自己成了精神科医生。即使你偏爱他的告解，伴着保温瓶里的暖白兰地听他的音乐也不失为一个好选择。

公平点说，生活确实狠狠地踢了马勒一脚。一九〇七年，他深爱的大女儿因猩红热而死，同时他还被诊断出致命的心脏问题。同年，他开始根据中国古诗的德译本创作歌曲，这实际上是大型交响作品，配有独唱。

刚开始这个作品叫《尘世悲歌》，后来更名为《大地之歌》，蕴含了马勒一生的哲学：第一首歌《人间饮酒悲歌 》（基于李白的《悲歌行》）中的核心歌词是“生命的余烬是黑暗——是死亡”。歌词虽来源于古代东方，作品却不是音乐俳句；最后一首歌《送别》（基于孟浩然的《宿业师山房期丁大不至》及王维的《送别》）演奏时长将近半小时，比此前所有曲目加起来还要长。我个人不偏爱漫长的告别，但这首歌描写的并不是码头的洒泪挥别。这首歌让你感觉悲伤是某种特权。

自由与释放

天才过人者若总是滞留原地，就会变坏。

——沃尔夫冈·阿玛多伊斯·莫扎特，一七七八年

职业：音乐哲学家

从何处来：疑问

往何处去：真理

——弗朗茨·李斯特，一八三六年写于酒店登记册

对那些“充满艺术气息”的人来说，生活环境的频频变换是没什么问题的。作曲家看起来都很异想天开；若要举家搬迁，匆匆到另一个也有听众翘首以待的城市定居，他们是绝不会懊恼的。他们大多都是吟游诗人。

事实上，他们过着平凡的日子。在长达数百年的时间里，音乐家与作曲家都只被看作是售卖音符的货商。在宫殿和庄园，奏鸣曲是和卷心菜一起走的后门。连莫扎特在职业生涯的早期，也只是收入微薄的仆人，他的同行都像苦工贱役一样辛劳工作：“要一部协奏曲——明天就要？当然没问题，大人。”大部分人都想掏出剪刀把束缚着卑微的自己的裤带一剪了事，但没有吊裤带的话，裤子就得滑到地上，狼狈不堪。

咔嚓，咔嚓

莫扎特是古典音乐的自由精灵，拥有惊人的才能；他可能是西方世界所知最浑然天成，才气最为逼人的音乐家。不久前，一批心理学家尝试估算历史上一些伟大创作者的智商。其中一些结果高得突破天际——我想歌德和米开朗基罗各自的智商都超过了两百——但在莫扎特面前，他们根本算不了什么。

难怪十八世纪六十年代的人们看见男孩莫扎特同父亲与姐姐在欧洲巡演时，会好奇又惊诧了。他早熟得简直令人惊叹。

- 莫扎特三岁时，就已经在键盘上弹奏旋律。四岁时就显露出有绝对音准的才能，能指出哥哥姐姐拉小提琴音准偏了四分之一度的音程[①]（钢琴上所能弹出的半音程的一半）。
- 五岁时，他就已经成了演奏键盘乐器的大师。一年后，父亲利奥波德开始不断地带他巡游欧洲，在宫廷、音乐学院以及大众面前表演。
- 七岁时，他拿起一把小提琴，想了想，就演奏出了乐

① 指两个音级在音高上的差距，单位为度。

曲。他连一节小提琴课都没上过。

- 八岁时，他写出了《E 大调一号交响曲》K.16。
- 十三岁，他的第一部大型歌剧作品《装痴作傻》首演。

从此，莫扎特就以惊人的速度进行创作，极其高产。只要扫扫他作品的克歇尔目录就知道了。这个目录最初于十九世纪六十年代编写完成，其中收录了超过六百部作品。有人估计，让一个专业的音乐抄写员在同样时长内抄写完这所有作品，难度都相当高。

莫扎特工作极快，也足够有才，可以偷些懒；比如说，他可以构思出完整的弦乐四重奏，先把每个乐器的分谱写完，再写总谱，他还可以一边在纸上写下复杂的曲谱，一边在脑中构思另一部作品。

像这样的轶事太多了。听这些故事的时候，你不得不放弃去理解这样一个头脑究竟是怎么工作的，因为这些只是天才工作过程中显现出来的宛如杂技般的部分。真正的奇迹在于作品本身，不是他天才儿童时期所创作的作品，而是在他过于短暂的成年生活中所创作出的杰作。

某程度上说，在莫扎特三十五年的人生中，他有三十四年都“在路上”。这意味着他接触了欧洲音乐创作的所有风潮。这些风潮对他的影响仿佛百衲衣一般复杂多样，他从中汲取了许多养分。面对着如此纷繁复杂的音乐织锦，要从中理出头绪，寻出自己的声音，即使对一个天才来说也相当困难。因此，必须等到二十过半，莫扎特真正的音乐特质才得以显露。一旦找到了自己的风格，杰作就源源不断地倾泻而出。他的同时代人也对此看得一清二楚。

举足轻重的作曲家巨头约瑟夫·海顿曾在一七八五年对莫扎特的父亲说过一句著名的话："我可以当着上帝的面，实实在在告诉你，你的儿子是我听过和见过的所有作曲家中最伟大的一个。"对于一个未达三十岁的音乐家来说，这是极重的赞誉，但这位长者眼光确实敏锐。当时，莫扎特已经试写并掌握了所有形式的器乐及声乐。

随便找一类作品，他总有杰作拿得出手。交响曲？他最后三部交响曲（39 号到 41 号）都作于一七八八年夏季，其中没有任何一部作品临近首演；他没有活到这其中任何一部作品公开演出的那天。在他死后，我们做出了极大的补偿。如今，它们已位列最常被演奏的交响乐作品。在二十世纪七十年代，《G 大调第四十号交响曲》K.550 的第一乐章成了古怪的迪斯科热门曲，即使配上了鼓点也依然魅力无穷。昵称为"朱庇特"的《C 大调第四十一号交响曲》K.550 的末章则极好地体现了莫扎特在生命最后几年在赋格和对位上所产生的兴趣。不同主题互相交错缠绕，就像泥地摔跤手一样难舍难分。临近谱子最后几行时，音乐中触手可及的肉体性几乎会让听众措手不及。

在协奏曲里，独奏乐器挣扎着从管弦乐团伴奏之网中挣扎出来。这其中的象征意义令莫扎特灵感迸发。我听的第一部莫扎特协奏曲是他在一七七六年所作的长笛与竖琴协奏曲。这两种乐器的组合极富魅力，但现在仍没有太多为这个组合而写的协奏曲，这令我十分惊讶。他写了许多键盘乐器的协奏曲，共二十七部，其中有许多都是应付之作，其中只体现了寥寥无几的创作天才，写出来只为了挣口饭吃。钢琴虽是其中的独奏乐器，莫扎特却没有让它把所有风头都抢走；他的最后一部协奏曲，《第二十七号协奏曲》K.595 的首章就将繁多旋律都交给了管弦乐团。次一等的作曲家宁愿把假牙卖了，只要能写出那其中一段旋律就心满意足了。但这个奥地利人就这么挥霍旋律，仿佛它们只是街头传单一样。

莫扎特在一七八五年创作的《第二十一号钢琴协奏曲》K.467 的中间乐章之所以名声大噪，是因为它充当了六十年代一部电影的主题曲。《今生今世》这部电影讲述的是钢索舞者的故事，旋律仿佛染上了韦奇伍德蓝的颜色，伴着轻轻摇曳的管弦配乐，也在钢索般高高的半空中流淌。这是纯粹的洛可可式“漂亮可爱”的风格，但在这表象下，音乐中还藏着一些神秘的阴影，那投下阴影之物正压在我们认知原野的边缘，看不真切。

任何一种人格特质中，都必定潜藏着黑暗。要说莫扎特心中的黑暗有一部分来自于他和父亲利奥波德的关系，那是一点也不出人意料的。不需要太敏锐善察，就能认识到经历一个像莫扎特那样的童年：面对那一切漂泊无定，经历那些稍纵即逝的友情，接受陌生人无穷无尽的赞美，满足利用自己的父亲所提出的永不停歇的要求——不太利于让人成长为一个负责任的成年人。

莫扎特是个好儿子，他的父亲却总是唠叨他：利奥波德念不完的裹脚布，就是让他谋份好差事，别丢了工作。别和狐朋狗友混在一起。管好钱，别乱花。听起来挺熟悉的吧？当然如此，这就是大部分家长给孩子的建议。尽管莫扎特不至于落得做个混混的下场，但他既不听劝，又感情用事，正是他父亲的反面。再加上他是个充满自由精神的天才。因此，他会让他保守的父亲失望，几乎是天注定的。

在莫扎特的歌剧中，对自由精灵的礼赞几乎上升到了神圣的境地。他了解舞台，也懂人心。因此，能在歌剧中真正描述有血有肉、活生生的角色，能描述那一切复杂性和微妙性的人，他是第一个。他们或是在一个体系里擦擦碰碰——就像《费加罗的婚礼》中狡猾但心地善良的费加罗一样，面对他的雇主而不带着哪怕半点盲目的奴气——或是挣脱开来，去四处采花（《唐·璜》）、去探索忠贞的界限（《女人皆如是》），又或是追寻智慧（《魔笛》）。在这部作品中，莫扎特还加入了自地狱而来的父母这一概念，体现在夜女王身上。对于莫扎特来说，真正自由的灵魂意味着能够接纳人类的短处与缺点；他的角色原谅彼此身上被误导了的欲望；在《女人皆如是》结尾，他们甚至一起请求观众的宽容与接纳。浪荡贵族唐·璜不愿改变自己的观点，因此才被抛入了地狱的牢笼。

自由并不总有效果

在一七八一年，音乐家最好的指望就是能被一个富有的赞助人养着。但莫扎特却突然中止了他对萨尔兹堡大主教的侍奉。作为宫廷随从旅行时，他在餐桌上的排位甚至还不如贴身男仆（“我的地位至少比厨子还高点”），再加上工资过于微薄，使他的自尊心再也无法忍受。同时，他满脑子还都是音乐，若受雇于这样一个冷漠的教会人员，实在找不到机会将它们倾泻而出。

这个决定的效果不怎么样，莫扎特的辞呈被接受了，但他是“被我们高贵的大主教大人踢着屁股扫地出门的”。这是古典音乐史上最意义重大的一踢，将莫扎特推向了维也纳的烟雾与崭新的世界。对于当时的音乐家来说，那是一个遥远的世界：是自由职业音乐家的世界，是“雇佣兵”的世界。现在，他只需要注意别让自己的裤子狼狈落地就好了。

听天由命听起来浪漫，但一旦涉及油盐酱醋的事情，比如交房租、比如一些与人交流的话术，就还是理智点好。然而这些事情对于一个作为神童成长起来的人来说，都难如登天，这样的人总觉得会有别人来帮他们处理这些事情。

关于莫扎特的错误传说中，有一个声称莫扎特之所以穷困潦倒、出头无门，都是因为命运多舛，且有小人对他心怀嫉妒。确实，莫扎特和房东不怎么对付——在他生命的最后九年，他足足搬了十一次家——而且他总得向朋友借钱周转，数目还不少。但他一般都有大笔收入不断进账。在他情况较好的时候，他甚至请了佣人，在维也纳森林里还养着一匹马，每天下午去骑，同时还常常把钱挥霍在新衣服上，同是作曲家的克莱门蒂说莫扎特“穿得就像贵族侍臣一般”。现在我们知道，莫扎特在维也纳度过的最后十年间，收入比他身边的大多数音乐家都要高，而且远远多于他在萨尔兹堡所能赚到的工钱。

那么，钱都到哪去了呢？莫扎特不酗酒也不滥赌，即使如此，钱还是刚到手就流走了，一些现代音乐学家还在如侦探一般查找钱的去向。没错，莫扎特确实会一视同仁地把钱借给不可靠的朋友；没错，他的妻子康斯坦泽确实总去昂贵的时兴疗养胜地戏水。但这其中还有对不上的账。

另外，莫扎特的突然去世也是一个谜。十九世纪早期的流言声称他是被毒药害死的，凶手最有可能是他的对手——意大利作曲家安东尼奥·萨列里。到了一八二四年，去听贝多芬《第九交响曲》的听众手上就会拿到免费派发的传单，上面描述了萨列里站在莫扎特身边，手中拿着一杯毒药的场景。两年后，俄罗斯作家普希金把这个流言捧上了高台，将它写进了"戏剧对话"《莫扎特与萨列里》中，后来这部作品被里姆斯基－科萨科夫改编成了歌剧。当然，还有彼得·谢弗的戏剧《莫扎特传》，它在一九八四年被搬上了电影大荧幕，取得了巨大成功。

"还那么年轻，那么年轻！"现在，我们悲痛地高喊——但在莫扎特的时代，死于三十五岁之龄并没有多罕见。他的遗体并没有沦落到流浪汉的墓地里；那只是个没有标记的简单坟墓，当年有许多人死后都安息在这样的墓里。莫扎特葬礼那天，也并不是《莫扎特传》中描述的那样，是一个雨天。天象并没有因为一个受忽视的天才的逝世而变，从记录上看，那个早冬日子的天气十分宜人。枉受指责的萨列里不仅在一七九一年十一月七日那天伴着莫扎特的灵柩前往其安息之地，更成了莫扎特之子弗朗兹·克萨韦尔·沃尔夫冈的音乐老师。莫扎特的遗孀没觉得这有什么问题。

即使如此——究竟发生了什么事？莫扎特从来都不太健壮，有观点认为作曲家受害于链球菌复发，这种病菌在当年十分常见。链球菌感染第一次会引起流感症状，第二次则会导致彻底的肾衰竭。两次发作之间可能就长达十年。这是可怖的欧洲版“流感”；一针盘尼西林很可能就可以救他的命。现在，我们手上只落得音乐史上最大的一个“如果”：如果莫扎特还能再活三十五年，他能做出什么样的贡献？但至少，我们已经得到了他生命中的一个三十五年的馈赠。

在莫扎特的一生中，只有一种笑话能让莫扎特开怀大笑，那就是有关大小解的幽默。在他与家人说的玩笑里反复出现大小解以及与其相关的话题。某种程度上，这体现了他身上那个永远长不大的孩子（每个孩子都会因为一个屁而笑个不停，对吧），但这同时也是他的家庭及文化环境所造就的。在十八世纪七十年代，萨尔茨堡人是出了名的“笑点极其三俗”。

我刚开始主持每日电台节目，每天早上为听众播放古典音乐时，总会十分热心地解说这些乐曲在我心中激起的反应。有段时间，这种主观的做法在听众间毁誉参半，有些人觉得这种做法对于伟大的音乐来说很不合适。在他们眼里，我是在完美神殿的墙上喷绘涂鸦的破坏者。

报纸上登了一封绝妙的批评信，里面列举了我的一系列过失，其中最糟的一项就是我对莫扎特的描述。她说，在谈论他的时候，我竟使用了“粗俗下流的词句”(其实只是一个屁股笑话)。在信的末尾，作者发出了一声愤怒的呼声：“封杀节目！”

在回复这封信件时，我得到了莫大的享受。我告诉她，幸运的是，在我介绍音乐家时说到的这些冒犯词句并不是我独创的，我只是在引用莫扎特本人的信件。满口粗俗言语者正是作曲家本人。

其他自由的灵魂

文艺复兴时期的法国作曲家克莱门特·雅内坎也不经意成了体制外的人。在他那个时代，一份教堂里的固定工作是维持社交体面的必需品。他早先的雇主总是在他任职时逝世，先后几份牧师的俸禄则总是早早断绝，钱财也并不多(雅内坎曾学习如何做一个神职人员)。反正弥撒和赞美诗也不对他的口味；他喜欢写世俗歌曲，或称“香颂”。歌曲的主题包括从爱到战斗的一切，音效也十分丰富，包括：模仿动物的叫声、满怀爱意的叹息、战斗的狂吼和自然的声响。

这位音乐自由精灵的先贤只零星受过雇佣。在他刚到六十岁时，他作为成年学生入学巴黎大学，可能是为了让教育背景好看些，以应付接下来的工作面试。但这都没有效果。雅内坎死后没有什么遗产，仅有的一点也都捐给了慈善机构，而没有留给家人。他从没有担任过重要的稳定职务。如今，他的香颂得到比以往更广泛的传唱，但现在的音乐厅编制会让雅内坎大吃一惊。他在世时，三五朋友围坐一桌，一起唱他写的歌，就足以让他喜不自胜了。

这是多么自由的场景：生于匈牙利的年轻的长发钢琴大师，在一八三五年和有夫之妇从巴黎私奔到瑞士。她给他生了三个孩子，同时，他把已然惊人的钢琴技艺磨炼得百尺竿头更进一步，还在湖边别墅木兰花香的围绕中创作音乐。

在弗朗茨·李斯特传奇且生动如画的人生中，这只是一个小小的片段。他一生经历极丰，可以轻松地将本书的每一章填满。前面故事的女主角是马利亚·达古尔公爵夫人；这对鸳鸯，有时候和一群波希米亚跟班，在各处酒店大堂里搅起阵阵骚动（见章首所引用的李斯特入住登记）。他所谓的自由就是投身于传统道德所禁止的不伦关系，与偷情的伴侣去寥无人烟、白雪皑皑之处，夜里在贡多拉船上沉醉于幻想，同时还视财产如粪土。马利亚写道："只要一架破钢琴，几本书，以及与头脑严肃的女人之间来一场谈话，就足以满足他了。"后来在瑞士，李斯特开始创作系列钢琴独奏作品，命名为《巡礼之年》。

好日子总是不长久。虽然身处如此"自由"之中，马利亚却深陷抑郁折磨，她意态消沉地写道："我觉得自己是他生命中的阻碍。"他们的关系恶化了。李斯特开始追求另一种"自由"，首创了现代的钢琴独奏会，在欧洲各地举办音乐会表演。这场巡演从一八三八年开始，持续了九年。他的足迹遍布全欧，从莫斯科到里斯本，从君士坦丁堡到贝尔法斯特，无不涉足：一共举办了一千场演出。那是被称作"李斯特狂热"的年代（见《情欲》一章）。

最后，这种漂泊无定的生活在李斯特眼中失去了光彩。他说："总是音乐会！总是做公众的仆人！这是什么样的职业啊！"一八四七年，他宣布自此告别音乐会的舞台。为他自己着想，他绝不会再在公众面前演奏了。他当年才三十六岁，就已经安定下来——当然，身边已有新欢。

还有比他更浪荡的，那就是西班牙的伊萨克·阿尔贝尼斯。他自学钢琴，四岁就在巴塞罗那首次登台。七岁他就被带去巴黎，但一次在打算从教室破窗而出时，他跌了跟头。回到西班牙后，他离家出走了，逃票溜上开往南美的船，靠机灵与天赋在南美大陆各处混饭吃。他当时还不算是个少年。回到欧洲后，他在弗朗茨·李斯特的指导下完成了钢琴教育。钢琴音乐中之所以能有那经典的“西班牙”风味，都是多亏了他。

游荡与巡礼

“命运之旅”这个概念带有许多精神性及超自然的意味；“我们”正是旅途本身，是我们在人生中旅行。“来时我孤单一人，去时亦孑然一身”正是弗朗茨·舒伯特晚年于一八二七年所作的声乐套曲《冬之旅》中，开场的一句歌词。歌词中的寒冷酷烈之感不仅契合外部世界，也契合作曲家的心境。柏辽兹的交响曲《哈罗尔德在意大利》描述了拜伦式的英雄与土匪、恋人及朝圣者之间的相遇，同时还反映出他内心的混乱。这可以作为最好的例子，说明旅途最利于自省。

这可能是中世纪时朝圣这一行为如此普遍的原因。人们离开处在欧洲各地的家园，艰苦跋涉前往“圣地”，抵御各种天气、糟糕的健康状况及强盗的侵袭，不知道自己还能不能再见深爱的人一面。友好的修道院会帮助旅者继续上路。临近巴塞罗那的蒙特塞拉特岛圣地就是其中之一，圣地还会让居住其中的僧侣在熄灯前为朝圣者演奏几曲，聊作娱乐；我们得知，他们通常精神高涨。其中一些音乐收录在某十四世纪的古书中。这本书名叫《红皮书之歌》，即蒙特塞拉特岛的“红皮书”。七百年后，其中旋律依然能让人心荡神驰。

自从有流言传出，说当地一位主教受圣灵指引，在山坡上发现耶稣最初门徒之一圣雅各的遗骸后，在长达一千多年的时间里，位于西班牙国土西北角的加利西亚地区就一直是最受喜爱与崇敬的朝圣地之一。从这种子里（更确切地说，是从这骨头里）生发出教堂、修道院，继而是整座圣地亚哥－德孔波斯特拉城——来自欧洲各地的无数朝圣者都慕名而来。二十世纪中期，朝圣者中有一位名叫阿梅里克·庇古的法国牧师，在他的《加里斯都抄本》中记录了穿越西班牙的主要旅途：这可能是第一部真正的旅游指南。

在过去几十年间，朝圣似乎又火了一把。庇古所走过的路途，人称圣地亚哥之路，后来成了一九八七年发布的第一条欧洲文化旅行路线。这条路线全长七百〇九公里，从比利牛斯山山麓到圣地亚哥城，专为疲惫跋涉的现代朝圣者设计。每年，朝圣者的数量都逐步上升。

我曾见过他们在路边成群结队，但形单影只者也不在少数。他们的脸孔被太阳晒伤，低头向着大地，看上去对身边的环境毫不在意，没注意到我开车朝反方向从他们身边经过。我可不愿意经受这种严酷的肉体考验：满脚水泡，只能投宿路边的驿站，天还未亮便要起行。我喜欢享受好时光，能赖床就更好。这多惬意啊！我心情愉悦、歪歪扭扭地开了四千五百公里的车，旅程出人意料地切合我原来的规划：法国的波城，坎塔布里亚，沿着西班牙海岸到阿斯图里亚斯、加利西亚，然后到圣地亚哥城。现在的圣地亚哥城已是充满活力的大学城市，一群群敲水管玩音乐的学生与饱经风霜的朝圣者混居在一起。最西边的目的地是菲尼斯特雷角（拉丁语中意思是大地的尽头）。在哥伦布时代以前，这就是世界的终点（从名字上也能看出来）。到达菲尼斯特雷角以后，我又折往东去，回到法国，一路拜访了几个修道院，在那里喝茶留宿，聆听僧侣为举办仪式而歌唱（我会在《安宁》一章中细说）。

拜伦和柏辽兹心中的哈洛尔德说："山巅是一种感觉。"[①] 在和一群澳大利亚人以及三两个好奇的本地人一起，绕着比利牛斯山脉走了七天后，我的大腿证明他们确实所言非虚。我们剧烈燃烧了大量的糖分，每天晚上回到酒店后，自然以极大的热情攻向餐桌上的鸭子、兔子和蜗牛。在法国－西班

① 拜伦有《恰尔德·哈洛尔德游记》一作，柏辽兹受其启发，有《哈洛尔德在意大利》一作。

牙边境线上，有一座巨大的岩石帷幕拔地而起，那就是加瓦尔尼冰斗。征服加瓦尔尼冰斗的山峰后，我们虽疲惫至极，却得意扬扬。我们的大巴停车接了几位登山者上来，其中有两个显然是喝牛奶长大的德国女孩。女孩们咯咯地笑个不停，在笑的间隙里向我们解释这是她们去往圣地亚哥的朝圣兼减肥之旅。她们的笑声充满了感染力；一位同行的年长登山者显然很受她们丰盈之美的触动，双眼湿润地转向我，吐露道："啊，克里斯，只要能活着，真是什么也不换。"这是旅途中最令人振聋发聩的一句心声。

更往东去，在名叫艾古伦（总人口二十八人）的小山村那里，旅途体验也一样地喧闹活泼。在那里，我认识了一位当地建筑工罗可·罗西尼，还与他交了朋友。他自豪地吹嘘自己与那位著名作曲家是亲戚。显然，他继承了作曲家对口腹之欲的热情。每次对谈，我们都是在罗可的家里从午饭聊到晚饭，漫长的午饭刚吃完，晚饭又快到了。在两顿饭短短的间隙里，罗可会背把枪赶着出门，去附近的山里又猎回一头野猪（当然，那时正是狩猎季）。下次再见，罗可，谢谢你的野猪。

裤带掉了，脑子空了，跟随着杰出音乐先贤的脚步，我们已经做好准备迎接新的阶段：希望。

希望

昂星团[①]：孔卡戎卡拉……小天狼星：
维尔普……南十字座：瓦卢瓦拉……

二〇〇一年（弗雷德·沃森作词）

——罗斯·爱德华兹，《星之咏》

①星辰名，也称作七姐妹星，星团中的七颗星以澳大利亚土著部落传说中的七姐妹命名，她们因拒绝与人类分享火种而被惩罚，化为七颗星星。

不久前，在我家背街小巷的对面，住着一个作曲家，为巨星写音乐——那些天上的巨星。

大多数早晨，我会带着两只狗穿过小巷，绕到街区后面。这样我就可以闲逛经过罗斯·爱德华兹与妻子海伦和两个孩子的家门口。他通常都在窗户临街的房间里，埋头于电子琴，面前竖着一块巨大的软木板，上面钉满了手稿。创作像交响曲这样的大型作品时，手稿的数量总是令人叹为观止。运气好的日子里，他会邀我进门小叙，把创作中的曲子弹一遍给我听。

罗斯的工作方式一点也不随心所欲。他是一个很有献身精神的手艺人，在我们“办公时间”开始时就开始工作。等到我们大部分人都下了班，在酒吧里放松，在一日劳累后犒劳自己时，他还在工作。敲、敲、敲键盘。写、写、写，擦掉，重写。他买铅笔肯定得用不少钱，落到纸上的音符也绝不像从虚空中冒出来的一样。交响曲不会像好天气那样自然来临。这在我看来就像苦工：真正的劳作。音乐是实实在在的由作曲家“劳作”出来的。罗斯显然是真正的作曲家，所以我也就得到了我的结论：其余作曲家在工作时也一定付出了极其辛勤的劳动。

我家背街小巷对面住着一个作曲家。这真是太稀奇了：我干脆写我还在地窖里养着一只活的渡渡鸟算了。人们总觉得作曲家极其罕有，甚至干脆已经灭绝了。那些顶着假发住在林地里的老派生物怎么能在当今世界存活下来呢？经济理性主义的链锯早就把他们过去的文化栖息地采伐得寸草不生了。富人们再也不会养着一个专属管弦乐团，每周为他们演奏新创作的交响曲了。去歌剧院的大众也没闹着要听这个月新出的热门曲目。我们的社会没有时间和金钱去支持那些坚持产出在经济上如此功能失调的作品的艺术家。电视节目主题曲、广告小调和游戏配乐成了当下作曲劳工的职业之路了；至于交响乐森林或是音乐戏剧的寒漠——谁想去那儿呢？

澳大利亚作曲家罗斯·爱德华兹去了。实际上，最能让他快乐的就是沉浸于交响乐之中——森林也可以。罗斯可以把森林里的声响变成交响乐。他的音乐听起来就像是从人迹罕至的水沟沃土中生发出来的一样，那些在散步时和在灌木丛中冥想时所听见的鸟鸣与虫声为他带来了灵感，化作声音的树液，拳拳地搏动着。他作品的标题里带着自然的印记：《渐散薄雾中的山村》《障碍及蜻蜓之舞》《日出的木筏之歌》，还有《白凤头鹦鹉精粹之歌》。

从古至今，音乐中一直有鸟鸣的元素，这一般都是对现实中鸟鸣的重现。想一想贝多芬的《田园交响曲》，第二乐章的结尾简直像是贝多芬在派对的猜谜游戏中途站起来说："听听我模仿的鸟叫声。"

罗斯·爱德华兹不是会玩猜谜游戏的人。我没法想象他在任何派对上吸引人们的注意力。他不会"模仿"灌木丛。听众在欣赏爱德华兹的作品时，不会等着在音乐里找到蛐蛐的声音。在他的音乐墙壁上，没有挂着藏身于草根的生物。音乐就是墙本身；自然之声变成了音乐符号，重新出现在我们面前。它们变成各种形态，创造出图案、轮廓、节奏与质感，构成一个不断延伸的作品主体。

一九四三年，罗斯出生在悉尼。他不记得自己儿时对天空是否怀抱着热情，他虽将毕生时间都用在歌唱这个世界，但当他受委托为二〇〇二年的阿德莱德节创作他的第四部交响曲时，却将手伸向了星辰，创作出一部咒语式的合唱作品。天文学家弗雷德·沃森所作的歌词里，按照它们走过澳大利亚星空的顺序，列举了重要的星辰与星座。星星的经典名称与它们在澳大利亚土著传说中的名字对应并列；爱德华兹和沃森都对土著文化欣赏有加。这部交响曲名为《星之咏》。

有一天早晨，罗斯把我拽进了他的工作室。他有科技恐惧症，即使如此，也还是对现代社会妥协了。某张台面上放着传真机、影印机、扫描仪和电脑，最后一个用来发邮件和定期查看个人网站。使用这些工具的时候，罗斯就像一个新司机一样小心翼翼，使用情形也和其驾驶情形相差无几。（更有数学天赋的老作曲家无疑会在信息世界里如鱼得水。我深信莫扎特要是写程序的话，一定能赚大钱。）

然而，这些都只是在神秘洞穴或森林陋屋中一闪而过的光亮。罗斯身上带着点童话《柳林风声》的味道，那是连热带风情衬衫都压不下去的。我都能想象出他坐在水鼠（《柳林风声》中的角色，热情好客，十分浪漫）先生的船尾，害羞地啜着柠檬水，更有可能是在喝雷司令酒。他还会站在壮硕的鼹鼠丘后，很不起眼，一头风吹的乱发，蓄着胡子，眼睛柔和而正直，看上去既年轻，又慈祥。

爱德华兹在自己的地盘里十分自如，因为它可以让他全身心地专注在一个目标上。毕竟创作艺术家不仅仅是在脑海里把想法翻来覆去，他们一般还得把想法往墙上扔。这个房间孕育了两部交响曲，第三部还在创作之中。音乐是否还在这个房间里悄然孕育着呢？我还记得拉威尔位于巴黎郊外的房子，我站在他的写作室里，静静地把耳朵贴在门窗的框上，期盼着那点渺茫的可能性，从中听见《悼念公主的帕凡舞曲》依稀的涟漪。拉威尔早已作古，不能当场现身阻止我的举动。

罗斯坐在钢琴边，面对着那块巨大的软木板和上面一排排标记。他看着左上角的纸页，开始弹奏交响曲的开头，同时模仿西藏的喉音唱法给曲子配上合唱声部。我真真切切地在眼前看见了星辰，摸了摸头，想看自己是不是撞出了脑震荡。当然，我头上结结实实挨了一斧头的音乐。

被一位作曲家分享还没有任何人听见过的音乐，很能让人生出谦卑之心。毫无疑问，这世界上没有任何一件事比此时此地更为重要。作品里的一种诚恳之气充盈在我俩之间，不管未来会有多少听众，这音乐已经成了真真切切的存在。它就在那里。我们必须期望着有人足够幸运，找到它的踪迹。

一生中，我们所能期望的最好事物是什么？如果我们是作曲家的话，那就是发现自己的歌，学会唱出它。寻觅之旅或许是煎熬的，但对寥寥的幸运儿，发现自我就如同踩脚趾一样简单。

还是孩子的时候，罗斯·爱德华兹就清楚地意识到脑海中的音乐。十三岁时，他被带去管弦乐音乐会。第一次听见如此精巧复杂的音乐，他踩到了自己的脚趾，踩了两根脚趾头，可能还扭了脚。他立刻意识到自己只想做这件事，但他必须学习，这样才能知道该怎么去做。

中学没给他带来什么帮助。对于自己接受的早期教育，爱德华兹能给出的最好的评价就是“对我是个阻碍”，说得最难听的则是“那是个集中营”。作为家中的独子，他自然而然地集父母的最高期望于一身，他们认为小罗斯以后应该做一个建筑师。由于建筑有“凝固的音乐”之称，爱德华兹也没有偏离目标太远，但这位有一定绘画天赋、处于萌芽中的作曲家已经在小节线和建筑栏杆中选择了前者。

那是五十年代末的澳大利亚，这样一个职业选择很不寻常。在今天，作曲家还被认为是个奇异的职业选择；回到孟席斯[①]的时代，如此波希米亚式的喜好绝对是滑天下之大稽。爱德华兹在悉尼和阿德莱德读了音乐学院和大学，一九六八年得到音乐学士学位，在几个音乐都市传说中扮演闪耀的角色，我很愿意在这里说几个这样的故事。一九八四年，我制作了一部关于爱德华兹的电台纪录片，采访作曲家的同行彼得·斯克尔索普时，我就让他给我讲了几个这样的故事。这些故事的内容基本上都是心不在焉的傻子出国记，细节则有

① 罗伯特·戈登·孟席斯（Robert Gordon Menzies，1894 – 1978），澳大利亚前总理，分别于 1936 年至 1941 年和 1949 年至 1966 年在任。

一些出入。罗斯发誓说那都是假消息，我在电台上把这些故事讲出来害得他还得匆匆忙忙地跟妻子的娘家人解释一番。我现在相信他所言非虚，因为他身上那种讨人喜欢的森林住民气息和如此安静而执着的性格着实不相称。

六十年代末，爱德华兹身在伦敦，后来又去了约克郡一个与世隔绝的农屋里磨炼技艺。我们被告知流畅自如的表达是高超技艺的结果；然而，爱德华兹的体验却与此相反。他独身一人，只有手稿纸张做伴，心中对至今所有作品方向的疑虑与日俱增。他把自己困在了那首错误的歌里。

人生中最可怖的梦醒时刻，是意识到自己走在错误的道路上那一刻。我们中的大部分人都避免遭遇这样的处境，因为它的后果太令人痛苦：名声怎么办，自尊怎么办，按揭怎么办？直到最近，如果发现自己走错了路的是年轻人，都会被认为是任性妄为、过早下了结论；而如果那是个较年长的人呢，则会被看作是“中年危机”的一个症状（参见《快乐》一章中的夏布里埃）。回头吧，你走的路错了？胡说八道！一旦离开了起跑线，我们就不该离开跑道。任何涉及自我评估——或者，更糟糕的自我更新——的东西都是站不住脚的借口。借口都是给懦夫用的。

最近则兴起了一股令人耳目一新的潮流，人们发现一生足以尝试好几个不同的职业。对于创作艺术家而言，他们并不关心“职业生涯”，他们关注的是更为基础、更为切身的事物：判断他们存在的核心究竟为何，他们存在的意义又是什么。当阴影覆盖住人心中一贯持有的自我假定时，心神就有可能产生动摇。对于爱德华兹来说，情况正是如此。他吐露说，当时他“一想到我曾写过的某些音乐，就着实想吐：那不过是一股音符的旋涡，述说这个世界有多么丑恶，而且我还存在于这个世界之中。那完全是神经过敏的创作。我在对抗一个我并不抱有信念的系统。我想让永远不可能正常运转的东西运转起来。我就这么意识到，你必须从中抽身而出。”

在一九七四年到一九七六年间，罗斯基本什么也没写。他已三十好几，澳大利亚和海外各处都在演奏他的作品，他当时的状态有可能是很危险的，因为从计划上来说，他本应比以前更加活跃才是。面对创作，爱德华兹决定听从直觉的指引。“面对当时的处境，直觉告诉我不能再努力尝试了。”他说。

放飞的自我，总会飞回来的

对于爱沉思的人来说，自我重塑前会有一个停滞期，这是常有的体验。在职业生涯的早期，两年的停滞是一段漫长的时间。然而，在爱德华兹的作品中，寂静有着举足轻重的地位。他开始慢慢接受这富有创造力的宁静，并认为它是不可或缺的，有建设性的。

“我的解决方式就是学会放手，放开很多东西。”他说。他为自己营造了一个新的空间，崭新的信息纷至沓来。它们并不是来自那个令他觉得越来越陌生的“可怖”世界，而是来自自然：灌木丛中的鸟鸣虫声是珍珠滩的吟游诗人。这片海滩坐落在新南威尔士州海岸上，作曲家和他年轻的家人一起住在那里，度过了七十年代末的日子。他真正的歌就环绕在他的身边。

从这次冬眠中生发出来的是两种迥然不同、截然相反的风格。其一是他的“神圣”风格，把我们深深地带进灵魂的宁静之中，那是繁茂寂静的黑暗，缀着星星点点的声音。沉浸在这宁静中时，有任何人在身边都像是一种亵渎。这可能也是音乐厅的聆听环境让罗斯颇不自如的原因，里面坐满了人，人人都憋着一声咳嗽。这就像把他音乐中柔和精致的振翅与奔跑都钉到了墙上。没法把听众都塞进大巴里带到最近的国家公园，用隐形的音响系统为他们奏响夜曲。罗斯有时候便要求连舞台上的灯光也要打暗。

不管怎么说，能站在音乐厅顶上的时候，为什么还要待在大厅里面？他的《黎明咒语》的首演时间定在二〇〇〇年新年日出之前，以电视广播的形式传播到全世界。他把年轻的女歌手、一管尺八[①]、两个缅甸锣和一个迪吉里杜管放在悉尼歌剧院的顶篷上，在一首极美的、缓慢的希望之歌中将声音与文化并列在一起。这首歌向上伸展，如他们头顶天穹一般高远辽阔。对许多人来说，这是长达二十四小时的国际烟花表演中最精彩的一幕。

另外一种风格被罗斯称为“maninya”风。这个名字在我听来有点印度尼西亚的味道，但罗斯说这是他独创的词语。无论词源如何，要想读出这个词，一定会带上一点节奏感，它所描述的气质也与之类似，是那种“把鞋踢掉，吧嗒落到地板上”的感觉：轻盈、自发、有一股跳舞的冲动。他写了几部作品都以此为名。其中最宏大的作品是一九八八年的小提琴协奏曲，以复数形式为名，称作“Maninyas”。

当年还是音乐制作人时，我有幸负责录制这部作品的商业发行版本。当时我和悉尼管弦乐团、指挥家斯图亚特·查伦德和小提琴独奏家迪恩·奥尔丁合作。这次尝试大获成功，在澳大利亚和欧洲获得唱片大奖。但每一次聆听这部作品时，当时合作的美好经历就被推到一边，我再一次为这些音乐本身而惊叹。

① 中国吴越地区古乐器，属边棱振动气鸣吹管乐器，以管长一尺八得名。

乐谱仿佛从内而外发着光。借着其中充满力量但柔软的律动，它对大地献上尊崇的仪式，我们像是在泥沼上跳舞。旋律的碎片欢喜地重复着，仿佛孩子呼朋引伴、出去玩耍。中间乐章则体现出了这种兴高采烈中所具有的深思熟虑的另一面，那是现代的单声圣歌，伴着小提琴，衬着低音弦乐器奏出的肃穆的音乐列队。我曾在塔斯马尼亚岛的一次“喜剧”音乐会上指挥过这个乐章。乐声止息那一刻，我转向独奏者，却看见她泪流满面。她没有笑。

爱德华兹所作的“宗教”音乐并不是基督教式的、教派式的音乐。他曾引用过中世纪单声圣歌，其中最为人所知的是《万福马利亚》，马利亚被放在了更倾向泛神论的语境之中，占据核心的地位。于他而言，她代表着“永恒的女性精神，是大地母神，是所有活物的源头及养育者”。

我虽然完全不了解罗斯的信仰，但我猜测比起关于“来世”的沉思默想，他更执着于好好解决当下的问题。在这个错位的世界中，他给自己的作品赋予了使命。他认为“创作能够重新平衡、赋予和谐并治愈人心的音乐，而不是描述那些我们刚刚抛在身后的世界，这不仅仅是有可能的，还是必不可少的。我知道这很天真，但你必须在心中保有一些天真。要不然，你会发疯的”。

爱德华兹深信许多概念的分裂依然在当今社会中沿袭，

这些分裂存在于“物质与精神之间，男性气质与女性气质之间，思维与身体之间，还有更多相对概念之间”（他在谈他的第三交响乐时写下了这段话）。他也有一个希望——更确切地说，有一个信念——他相信我们会越来越渴求平衡与和解，他的表达方式是“非常自觉地创作美丽的音乐，而几年前如果做同样的事情的话，你会被社会摒弃流放”。

罗斯应该也知道，最近他的许多作品都受到作曲家同行和某些批评家的冷眼。爱德华兹对音乐之“美”的理解得到了世界各地听众的共鸣，他不怎么费力便能如此广受接纳，令“严肃”音乐界中一些老古板颇为不快（我怀疑，其中不少人的作品可没有这么广受传播）。根据这些高贵的同业者所说，如果典型的音乐会听众很轻易就喜欢上一部新作品，就意味着此人理解这部作品不用花费太多的努力，既然如此，作曲家也就把其中奥妙全都“暴露了出来”。我必须说，不断这样臆测大众愚不可及，让我很是不快。在电台工作的这些年，我有幸得以和大众交谈。我从中学到了如何去欣赏并尊重他们对音乐的回应中所蕴含的诚挚之情，这种诚挚可能会遭到某些人的嘲笑。如果你我立即被一部作品感动，无论那部作品是新是古，我们都不希望这极为个人化的体验被亵渎，被指责没有认真聆听，或者被告知那首曲子肯定是太“简单”。我是认真这么说的。

这样的事总在发生。作曲家也喜欢互相攻讦，而且无疑十分精于此道。历史上，音乐界里的恶言谩骂读来让人十分享受，甚至连骂错了的也很好玩。柴可夫斯基就曾经把勃拉姆斯称作“毫无天分的杂种”。

信仰

如果你有信仰，那就用音乐表达。这简单的信条一直是古典音乐中最大的灵感来源。本书中，几乎没有任何一个作曲家没有创作过礼拜音乐，但由此而生的许多弥撒曲、赞美诗和游行圣歌如此美丽，我们不需要去教堂就能听到它们。

我要提醒一下，教堂对其音乐财产看得很紧。由葛利高里欧·阿雷格里所作的，著名的《求主垂怜》的曲谱细节被西斯廷教堂的教皇合唱团视为机密，保护了几百年。这曲复调音乐中，无论是乐声还是曲谱，没有一星半点可以流出覆满米开朗基罗作品的四面墙壁所围绕的这片空间。一七七〇年，当十四岁的莫扎特在听过一次后凭记忆把全谱写出时，他冒的是被逐出教会的风险；然而，被逗乐的教宗克雷芒十四世赏了他一枚金刺勋章。莫扎特后来发现，他奇迹般默出来的曲谱里还是有几处错误。

在许多音乐家心中，约翰·塞巴斯蒂安·巴赫有着如神祇一般的地位。他若对此有知，应该会大为惊诧，因为他写音乐是给天上发电邮的一种方式。他的作品总量超乎人们的想象，都是为礼拜敬神所作（他是合唱指挥家），而且经常被称作“献给上帝的荣光”。

作曲家也通过获取神职来表达他们的信仰，不过当年要成为牧师并不仅仅意味着接受上帝的感召；那同样也是一个实实在在的职业选择。安东尼奥·维瓦尔第[①]顶着一头红发，因此也得了一个广为人知的外号——“红色牧师”。他患有哮喘病，被禁止说“弥撒”这个词，因为他呼哧呼哧的声音冲淡了这个词语所蕴含的力量。赋格的灵感突然降临时，他还会在话说到一半的时候离开讲道台。在作曲这件事上，时间是浪费不起的；皮耶塔孤儿院是一个收留孤儿和被抛弃少女的地方，里面的孩子和年轻人是他的学生，他们的音乐课程也不断需要新的协奏曲作为材料。他们的音乐水平必定颇为不错：维瓦尔第一生中写了不下于五百部作品。

维瓦尔第虽然教得一手好学生，却好几次被救济院的管理者免职又任职，一七三七年还因作为牧师行为不当而被审查。这位头发红得像胡萝卜一样的上帝仆人实在过于世俗，

① 安东尼奥·维瓦尔第（Antonio Vivaldi，1678－1741），意大利神父，同时也是一位巴洛克音乐作曲家。

经常呼朋引伴去旅行，其中还有一对姐妹，一个曾是他的声乐学生，另一位是他的“护士”。人们对此议论纷纷。

在出版事务上，维瓦尔第还是个无情而精明的商人，他一生出版了十几部协奏曲，给他带来了好几笔丰厚的收入，而他也很快把钱都花得精光（应该是花在他的游伴身上了）。他在威尼斯一位马具商人的遗孀的房子里辞世，当时他显然已不剩什么财产了，他的户头和名声都已经一塌糊涂。这位小提琴的魔法师、《四季》的创作者、在巴洛克时期对现代餐厅配乐做出了最杰出贡献的人，就这样被匆匆地扔进了流浪汉的坟墓里。

西班牙人安东尼奥·索勒更为虔诚，也是我最喜欢的僧侣。他在修道院寂静的四面墙里疯狂地创作。他为羽管键琴而作的《方丹戈舞曲》是十八世纪最傻得离奇的键盘作品，整整四百五十行乐谱都在两根弦上来回跳动，催人入眠。

有趣又算是牧师的音乐家还包括多梅尼科·兹波里，他从意大利老家跑去南美洲，当了个耶稣会会士（和电影《战火浮生》[①] 很相似），但还没得到最后的指令，就因感染肺结核而死在了阿根廷。以他的柔板作品之一改编的作品《庄严》，是我在电台上播放过的音乐中最受欢迎的曲子之一。

---

① 罗兰·约菲导演的史诗式宗教冒险片，讲述18世纪西班牙教士嘉比尔被派到南美洲丛林为瓜拉尼族人建立教会的故事。

要不是因为他作为剑士的高超技艺，他在十八岁结成的那场非法婚姻以及他和在威尼斯的女房东生的那个私生子，居塞比·塔蒂尼无疑可以完成他的神甫训练。传说塔蒂尼最负盛名的小提琴奏鸣曲是在梦中由魔鬼演奏给他听的——其名为《魔鬼的颤音》。

一九六五年，弗朗茨·李斯特在天主教会得了一个小小的职位。这是在他经历一系列个人悲剧后发生的事，其中包括两个孩子夭折，另外他多年的情妇想与丈夫离婚却一再失败，因而也让他们的婚礼安排停滞不前。沮丧不已的钢琴家兼作曲家从一位掌管罗马埃斯特别墅的主教那里得到了一个套房，在那里，这位曾经不肯安定、沉迷享乐的人全身心地写起了宗教音乐。你一定要试着听一下李斯特那一部鲜少被演奏的清唱剧《基督》，作品中的清澈简洁与他炫技式的键盘作品里那些倾泻而出的繁多音符相比，实在是大相径庭。

即使是最堕落、最令人唾弃者抬头看向天空时，音乐都会在那里。一九八四年，在儒勒·马斯奈所作的歌剧中，交际花黛依丝在小提琴独奏乐段找到了上帝。但这首美丽的《沉思》没能打动巴黎歌剧院首演现场冷漠的观众。首席女高音西比尔·桑德森似乎认为现场该来点刺激，秀了一把酥胸，让疯狂迷恋她的作曲家大为开怀。显然，她的胸部是那次歌剧表演中唯一给评论家留下了印象的事物。

或者缺乏信仰

理查德·瓦格纳相信，当宗教失去力量时，音乐和艺术可以取代它的地位。在瓦格纳的告别之作《帕西法尔》中，这三者融为一休。作曲家将这部作品描述为“神圣的舞台节日戏剧”，更禁止观众在第一幕和第二幕的幕间鼓掌，以强调表演的仪式性。

这部作品围绕着圣杯展开。帕西法尔本人是一个基督式的角色，而且连“信仰”本身也被赋予了独属的主题旋律。首演六个月后瓦格纳去世，这一点也不出人意料，因为作品中最精彩的合唱唱段听来仿佛是通往天国之路。当我的人生之舞走向终结，我将从醉梦中醒来时，我不介意聆听《帕西法尔》的结尾，聊以解酒。

末年临近时，埃克托尔·柏辽兹将音乐描述成“灵魂之翼的其中一边”（见《爱情》一章）。对于灵魂的去向，这位信仰不可知论的作曲家就不那么确定了。一八三七年，在创作安魂弥撒时，作为剧作家的柏辽兹兴致勃勃地抓住了《神怒之日》一曲大加编写。在音乐世界，这首曲子提供了最可怖的末日题材（毕竟描述的是世界末日，也没什么好吃惊的）。然而与曲相比，歌词中的精神因素却显得逊色不少。其中没有就人生谜团给出安慰，也没有试图给出解释；唯一的确凿无疑之物就是坟墓。

最不同寻常的片段之一出现在《牲品与祈祷》，这部分的乐谱长度只有四十七行，由合唱团中的男歌手唱出和弦，伴着长号的低音和笛子的高音一起奏出旋律。其效果好似悄声的持续音和弦——但实际上比这更令人不安，更不祥。柏辽兹不像巴赫那样给我们有福的确信，也不像贝多芬那样给我们一个高歌凯旋的坚定信念。多年后，他将引用莎士比亚《麦克白》的词句，放在自己回忆录的开头：“人生不过是一个行走的影子……”但早在《牲品与祈祷》的空虚之中，他就已经让我们窥见了虚无。

作为希望的音乐

有一个著名的事例体现出了音乐益于身心的功效。事情发生在一七三七年，西班牙国王菲利普五世久受抑郁症困扰，以至于不理国政；他甚至不再剃须，我的天呐。在几次尝试提振他的精神却失败后，他的妻子安排著名的意大利阉伶法里内利在皇家寓所里秀上几段歌喉。音乐及阉伶以手术保持的女高音歌喉起了作用，国王迅速地剃了胡须。法里内利的音乐治疗立刻让病人上了瘾。在接下来的二十年内，他必须每天给国王唱曲目不变的四首歌。

斯坦利·库布里克在电影《2001 太空漫游》中用了理查德·施特劳斯一九八六年的交响诗《查拉图斯特拉如是说》作为开头，堂皇的乐曲从屏幕中喷涌而出，伴着仍是胚胎的星之子从宇宙虚空中漂浮而出，向地球投去亲切的一瞥。无论其含义为何，这画面依然传达出希望和再生之意。我不知道罗斯·爱德华兹的《星之咏》是否提到了这位神秘莫测的访客。但当创作艺术家终于决定和科学家携手，回应天外那道想象中的凝视时，这感觉确实不错。

夜色尚浅，我安排好了一切，准备穿过背街的小巷，到爱德华兹家享受酒水和食物。海伦·爱德华兹刚打来了电话，说罗斯今天写第四交响曲的状态很好，我们晚点开饭可好？他“正在把号角加进去”。我想，未来我听这首交响曲时，肯定会无法自控地觉得肚子饿起来。

我们的向导已经写到了最后一行，向星辰之外的目的地而去。若过于轻率地沉迷其间，希望也会化为贪婪。现在是时候把情感抛在身后了。

安宁

我们来到了最后一个充满喜悦的章节，就如旅途尾声满身疲惫的旅人，身上被一系列极端强烈的感情鞭打得遍体鳞伤。这些感情都是我们之中一群高尚的傻瓜为了爱而忍受过的折磨。现在是休憩的时候了——是迷醉的时候了。

在这一点上，言辞无能为力。我曾想用个颇具禅意的手法，在这里留白几页，高潮则是在后衬页的背面，用极小的字体写上“全书完”。这样一来，就能给你留下空间，记录下你在面对那些能把你带往特殊境地的音乐时的反应。但我还是决定代之以我自己面对这种音乐时的反应，将它们分享给你。但首先，你一定要认识一下终极安宁之旅的导游。

这就是我，一片来自大地而被命令飞翔的小小羽毛。

——希尔德加德·冯·宾根（一〇九八至一一七九）

这是一个美丽的景象——女修道院院长希尔德加德胸中满是这样的美景。它们化作幻境浮现在她面前，最后都被她记录在《认识上帝之道》一书中。我称她是向导，她也确实是：她是中世纪欧洲各地的教皇、国王与皇帝的向导、知心女友、顾问、外交官以及通讯员。他们想知晓现世及精神问题的道路，而这位在后来的世纪中以“莱茵的女预言家”为人所知的女人，看起来是从绝无瑕疵的源头那里得到了他们的答案。“据说你被提升到了天堂，据说你知晓了许多事物，据说你文笔超群，还发现了新的歌曲门类。”巴黎的奥多老爷在一一四八年的粉丝来信中写道。实际上，她的粉丝团实在庞大，希尔德加德·冯·宾根是那个时代里最著名且最有影响力的女人。

自那以来，已经过了一千年，而我们比以往更频繁地传唱她的歌曲。这是因为我们重新被歌中的虔诚激励了吗？不完全是，虽然在我们所生活的时代，对物质主义的疯狂追求不再显得像以往那样富有魅力，许多为各种礼拜仪式而创作的现代虔信音乐配不上歌词所蕴含的喜悦及高尚的情感。不——我们歌唱希尔德加德的音乐，因为它立身于史上最好的音乐之列。如果她所传达的信息确实来自于神圣的源头，我们只能说她的关系确实很牛。

“得到”安宁

我认为，能够到达希尔德加德所维持的那种感知生命的高度，是我们能为自己做的最好的事之一。为到达这个境地所付出的努力才是最重要的，努力的技巧各异，其差异就如东西方之间的鸿沟一样宽广，像世界各地涌现出的宗教、邪教、上师与冥想圣地一样种类繁多。

希尔德加德遵循的是基督教传统，她用来表述她的幻境的伟大诗歌中充满了基督教的符号：新与旧的“葡萄酒”代表了新约和旧约，马利亚可以是“最翠绿的枝丫”，上帝之爱是在黑暗的圣堂里“耀眼的阳光”，基督之爱是一扇“花格窗”。圣灵是一只“鸽子”。这都是美丽、繁茂、色彩缤纷的意象。

当然，这些还是用拉丁文写的。如果你想用基督教崇拜作为通往天国的阶梯，理解经文就是不可或缺的虔信的辅助手段。但如果所有拉丁文对你来说都像天书一样，或者如果你纯粹是没法在闭目冥想时阅读诗歌，希尔德加德的音乐本身会是绝妙的媒介。她把她创作的旋律收集在《上天启示的和谐旋律》一书中。它们都是纯粹的旋律，没有伴奏，没有修饰，只是单股声音，但这至少是十分理想的状态。一旦演奏出来便体现了所有思绪，包含了整个精神和肉体。它不仅仅是一首歌：它是冥想的工具，被称为单声圣歌。这音乐是要用来“使用”的，而不是偶然被听到。因此，最近在听到它被作为伴餐曲目而播放的时候，我会焦躁不安。一般来说，我对餐厅助兴音乐要求颇为宽松，我相信如果作曲家仍在世的话，由此产生的版税必定能让他们大为高兴。如果自己的“未完成”交响曲被人拿到电梯里播放的话，舒伯特也不会有什么损失。

希尔德加德是某德国贵族家里的第十个孩子，因此，她被许诺给了教会。八岁时，她就被送去附近一位隐修士——施潘海姆的犹塔修女那里开始见习，对方生活在一个石洞里。她才八岁！中世纪的职业培训就是这么夸张。幸运的是，她一旦过起这种沉思默想的生活，就如鸭子进了水——她可能会说如鸽子落在格架上——让人不禁设想，如果就这么被嫁给了不知哪来的小王子，她还能有如此巨大的成就吗？

十四岁时，她正式做了修女。一一三六年犹塔逝世后，她又成了犹塔修女会的院长。五年后，人到中年（在中世纪已是很合理了，当时二十五岁左右就算是中年人），她看见火焰从天堂降临到她身上，并感觉她得继续前进。其后，希尔德加德与十八个修女在宾根附近的莱茵河谷建立了自己的修道院，投身于创作之中，在诗歌和音乐里写下她所见的灵视，并撰写圣徒传、自然史论与医学论。很难相信一个几乎毕生都困在小室，与隐修士鲜少交谈的女人会有如此宽广的眼界。如今，人们也在小房间里度日，对着电视一语不发，却不能发展出相似的智识爱好。

一一七九年希尔德加德去世后，四个教皇先后都发起过要将她追封为圣徒的程序。最后一位是约翰教皇二十二世，但在他之后，进展就慢了下来，可能是因为材料放错了办公文件篮。终于，在二〇一二年，本笃教皇十六世给予了她天主教教会博士称号，这个称号在许多地方都被看作和圣徒身份相当。圣希尔德加德甚至有自己的节日：九月十七号那天，记得想想她。

希尔德加德的灵视中没有任何不祥之物，地板不会扭曲，上面没有泡沫，没有人在深夜里大翻白眼。那是一段平和的经历，几乎像是萦绕在她身侧的另一个奇妙世界。

安宁系的作品推荐

《c 小调第二钢琴五重奏》Op. 115（福莱）

随着年龄渐增，我越发觉得这部作品是史上最好的音乐之一。加布里埃尔·福莱颇为高寿，他生于一八四五年，死于一九二四年，到最后一刻还在作曲。这是他创作的最后一部作品，在我听来，其中蕴含了他一生的点点滴滴。或者蕴含其中的其实是我一生的点点滴滴？如果音乐与X光镜相似，从乐声中不断涌现出的是我们身上埋藏的最深之物，那就意味着这样一个极好的前景：随着自我认知的增强，我们将能够欣赏并理解伟大的音乐。

在聆听这部曲子时，我仿佛看见他一一收集起自己一生中的种种错误，接受了这些无可避免的错误，然后将它们全部放下。这音乐不像他许久前所作的《安魂曲》那样朝向天国，后者的宁静有点服了药的味道，仿佛死亡仅仅是一次入眠。相比之下，这部五重奏带有更多真正告别的意蕴；毕竟作曲家在创作它时，年龄已是七十五岁上下。

我记得它还被用在一九八四年的电影《乡村星期天》中，导演是贝特朗·塔维涅。夕阳西下，年迈的艺术家坐在工作室里，刚刚经受了一整天的家庭闹剧。他的妻子已逝，现在已是孤家寡人，也意识到自己力气渐弛，才气有限。他透过落日余晖看了看画布上未完成的静物作品，又转而看向满布皱纹的双手上那点点的老人斑。摄像机很快从艺术家的沉思画面切走，缓缓飘向大开的窗户，映出窗外蓊郁的花园。当时日所剩无几，当挣扎已至尾声，最后还能剩下的东西——如果我们心怀善意，勤勉且幸运——就是一点点的美。透过这最后的无言一幕，福莱的音乐向我讲述了这个道理。能够尝到经过一生历练的人生之果，一向是某种特殊的荣幸。在《第二五钢琴重奏》首演三年后，弥留之际的福莱说："我已做了我所能做的。"

《g小调大协奏曲》Op. 6：No. 8（科雷利）

巴洛克时期一向被称作是给刚接触古典音乐的新人所准备的地盘；据说，其"清晰"的结构和激情的节奏跟当下的流行音乐颇为一致。现实确有可能如此，但我还记得十岁的自己，耳朵里灌满披头士的音乐，听巴赫前几首的勃兰登堡协奏曲时简直一头雾水。我整个童年都花在了"垂直"音乐上，仅有一个（也常常是出色的）曲调像电线一样被绷在结实的和弦杆子上。另一方面，巴赫的音乐完全是"水平"的，其中蕴含着几个不同的旋律，都在同时行进，就像异国餐馆里，隔壁桌子上六个食客同时在说着听不懂的模糊话语。耳朵很快就能学会享受这种声音的组合。

若不顾这些疑问，我一向推荐意大利小提琴大师科雷利所作的大协奏曲（协奏曲的早期形式）。他无疑应该被纳入本章中，单纯因为他的名字"Arcangelo"，或写为"Archangel（大天使）"。在十七世纪七十年代的罗马派对上，这样的搭讪词该有多棒："嗨你好，美人，要是你能猜到我的名字，我就会带你上天堂。"实际上，他与他的父亲同名，后者在作曲家出生前一个月就去世了（应该是加入了大天使的行列）。

科雷利的面容一向平静，除非他拿起小提琴。在那些时候，他简直会露出百般可怖之神情，通红的双眼向上翻着，“仿佛处于极大痛苦之中”。他那恶魔般的演出风格与他的作曲风格大相径庭，一位十八世纪的作家将他的作品描述为“纯真”。在这部大协奏曲中，这份纯真很可能有助于以音乐重现基督降生的场景。这部协奏曲被收录在他死后出版的六号作品中（科雷利有可能是真正伟大作曲家中最不高产的一个。）

作品结尾的《田园牧歌》听起来就像是淳朴的牧羊人歌曲配上了低沉单调的伴奏；当时的民间音乐加上教堂的彩绘玻璃味道后，肯定就是这样的。科雷利有可能受到了罗马城外阿布鲁齐牧羊人音乐的影响，他们会进城来庆祝圣诞庆典。但科雷利更有可能只是在赶时髦，用这种体裁赞美乡村生活之纯净与简单。时尚总是受到失败艺术家的恶言相向，但其起源在我看来颇为合理：不胜其烦地重复一个广受大众接受的概念。科雷利的职业生涯既成功又收入颇丰，赶潮流不过是他得到大众接纳的又一方式而已。如果你像他一样优秀，那么无论做什么，都是会显出才华的。

说《田园牧歌》体现了古代世界第一个平安夜的沉静与

魔力，可能只是因为我是个现代的多愁善感者。那就换一个谨慎些的赞叹吧：这音乐记录下了当时当地，正符合我们的期望。

《魔法之湖》（里亚朵夫[1]）

最平和的幻想之一，是远离劳神费力的“现实”世界，一人独处。有些人会去疗养地，而眼前就有一个音乐疗养处。阿纳托利·里亚朵夫可能是史上最懒的作曲家，因此能完成这么一个短小的作品，对他来说就已经代表了极大的付出。实际上，他还把每一段曲调都重复了一遍，就像咒语的回声一样，将它的长度拖长了一倍。

把我送上去吧，维里拉

如果你想要安宁，没什么地方比修道院更好了。希尔德加德对此将深表同意。在现代西班牙，人们不需要恳求没有体谅之心的修士给他们以庇护，不，好几个修道院都有附属酒店，里面还真有前台接待和信用卡设备，房间的价格则相

① 阿纳托利·里亚朵夫（Anatolii Lyadov，1855 – 1914），俄罗斯作曲家、指挥家。

对便宜。这里可能条件艰苦，但还是入乡随俗吧。

我曾住过两所这样的西班牙天国酒店，都坐落在人迹罕至之处：一间是瓦尔凡尼尔，建于二十世纪，位于德曼达山脉青翠的山脚下，处于布尔戈斯与洛格罗尼奥之间；另一间是莱尔，建成时期比前一间更早，位置更偏向西班牙东北部，位于极具美式西部风情的纳瓦拉区域。据说，在十八世纪，有一位掌管莱尔的主教叫作圣·维里拉，他从未停止祈祷，以期能一窥“无限”的真容。他的愿望得到了满足，一声催人入眠的鸟鸣令他一梦便是三百年。

一九五〇年至今，本笃会[①] 占据并掌管着这座修道院。本笃会因其单声圣歌的高品质而在西班牙久负盛名。我之所以知道这个，是因为在我登记入住时讨喜的咨客修士都告诉了我。更棒的是，晚祷五分钟内就要开始了！

我匆匆冲到宏伟但阴沉的教堂，跑到它前罗马式的地下室顶上。我一加入，在场的旅客团人数就激增到了五人。头顶钟声一响，我就被猛地拖回了中世纪，三十位虔诚修士依次进入高坛，点亮蜡烛，面对面排成两列，然后在摇摆不定的烛光中向天国唱完了整个仪式。他们的歌声十分诚挚，极为动人，以至于我完全没有关注他们的唱功高低。我记得他

① 天主教隐修院修会之一。

们唱得很不错。更重要的是，在那一刻，在那奇怪的地方，我感受到的并不是异样。那感受可能是平和吧。

啊，希尔德加德。这是怎样一个混合体：一方面拥有出类拔萃的创造力，是一位能够突破中世纪修道院高墙的智识，这股力量顺莱茵河汹涌而下，横扫欧洲宫廷及修室中的一位又一位仰慕者；另一方面，她毕生奉献，谨守恭顺的规章，将自己描述为在神的吐息中漂浮的小小羽毛。她柔声吐露的词句中带有智慧，而她又如此鲜少开口。

希尔德加德从不知道世俗生活的熙熙攘攘，不知道商业的绝望抱负，不知道情欲之爱、定制时尚与跨国旅行。她应该会禁止自己体验我们在本书中探索过的情绪，当然啊，爱与安宁的快乐都是例外。这两者已浸入她的诗歌与歌曲中，又因为她的音乐是如此无法简化的精华之声，我们会感到它体现了终极、不可或缺的真理。当然，这真理是什么，取决于你的看法，不过希尔德加德·冯·宾根显然有一些建议。

尾声

歌曲已结束，但余音仍然绕梁。

——欧文·柏林[①]，《齐格菲歌舞团》，一九二七年

① 欧文·柏林（Irving Berlin, 1888 – 1989），美国作曲家、流行音乐词作家。

音乐会或独奏会结束后，听众按惯例会到吧台休息，喝上一杯。而恋情终结后，人们也常常买醉。聊天自然是有的，虽然在后一种情况中，多是听人独白。这是因为我们觉得自己的愚行是独一无二的。

音乐是衡量我们人生进展及成长的重要晴雨表之一。它就像听觉的纪念品，可以永远与我们个人经历的转折时刻联系在一起，但它也能让我们知道自己是否已经准备好再度启程，重回那一趟重要的精神旅程。与我们同路的作曲家们已然经历过这一切。但他们的旅程并不是独特的，或者说，这种独特是我们每个人都要经历的。

艺术家什么也教不会我们。他们只是把我们已经知道的事情告诉我们。我从没想着要从古典音乐中得到什么“智慧”。如果真要说的话，我很珍惜我从他们身上所得到的确证：大部分作曲家也和我一样，觉得自己所知甚少，活得不精彩。据传言，离《指环》一八七六年的首演还有一年的时候，六十二岁的理查德·瓦格纳说过：“我对音乐一无所知。”要是能像瓦格纳这样无知，我们都愿意付出性命。不幸的是，没有人能在一夜之间就发现他们知识的真正界限。我们要花一辈子才能撞上现实的墙壁。

我希望你能从本书所记录的这些撞墙事例中得到勇气。人生之路当然只能自己去寻找方向，但如果认真聆听，你就能听到树枝断裂和走在旁边的倒霉蛋的声声咒骂。这树林充满了生机。那么，某些倒霉蛋在盲目的行进中驻足为我们唱一首歌，又是怎样的赏心乐事呢？我们的愚行注定永不止息，因为我们是人类。很快，就是时候把本书翻到开头，寻求更多的指导了。因为这一系列的感情又会重来，新循环又开始了。

若要把《音乐迷醉指南》放在床头时时参考，自然没有问题。但请允许我总结一番，就像“奏鸣曲”形式的许多音乐作品一样重复开头的主题。现在你已经在这满是盐碱、崎岖不平的海岸线上徘徊了许久，是时候在现实的广袤海洋中撩拨起几朵水花了。聆听本书中提到的音乐，可以反驳那些认为用文字讲音乐是徒劳无功的说法。如果这些音乐家的放纵漫游，告诉我们仁慈和宽容在创造冲动中排在末位的话，我会很高兴。要应付贝多芬的《第五交响曲》对你来说仍是个挑战——但你再也不会以同样的眼光看着他的肖像了。

图书在版编目(CIP)数据

音乐迷醉指南 / (澳) 克里斯托弗 · 劳伦斯著 ; 符夏怡译. -- 海口 : 南海出版公司, 2020.1
ISBN 978-7-5442-9723-3

Ⅰ. ①音… Ⅱ. ①克… ②符… Ⅲ. ①随笔－作品集－澳大利亚－现代 Ⅳ. ①I611.65

中国版本图书馆CIP数据核字(2019)第269808号

著作权合同登记号 图字: 30-2019-152

音乐迷醉指南
〔澳〕克里斯托弗 · 劳伦斯 著
符夏怡 译

出　　版　南海出版公司　(0898)66568511
　　　　　海口市海秀中路51号星华大厦五楼　邮编 570206
发　　行　新经典发行有限公司
　　　　　电话(010)68423599　邮箱 editor@readinglife.com
经　　销　新华书店

责任编辑　黄宁群
特邀编辑　朱　正　崔倩倩
装帧设计　朱　琳
内文制作　田晓波

印　　刷　北京中科印刷有限公司
开　　本　880毫米×1230毫米　1/32
印　　张　7.5
字　　数　126千
版　　次　2020年1月第1版
印　　次　2020年1月第1次印刷
书　　号　ISBN 978-7-5442-9723-3
定　　价　58.00元